KB178749

雨森芳洲の文事

아메노모리 호슈의 문사

康盛国

はじめに

　雨森芳洲はどのような人物か、という問いに答えることは容易ではない。芳洲は、木下順庵の門下として、新井白石、祇園南海らとともにその名を知られた。また、対馬藩の儒者として、朝鮮通信使の接遇や藩の財政の建て直しにも貢献しており、実に多様な面を持ち合わせる人物である。

　代表的な芳洲理解の有り様を、江戸時代の人物伝に見ることにしよう。『続近世畸人伝』(寛政十年刊)においては、語学に堪能で勤勉な性格の持ち主として紹介されている。『古今和歌集』を千回読むことによって和歌を学んだという逸話を紹介し、その勤勉さが常人の域を超えていることを述べるほか、芳洲の著した『交隣提醒』が「政治の助」となったとも論じている。『先哲叢談』(文化十三年刊)においても語学に堪能なことや晩年の勤勉な和歌習得の逸話が紹介されているが、芳洲と同じ時代に生きた儒者・文人との交流により重点がおかれており、新井白石との関係や、荻生徂徠より「偉丈夫」と称されたことなどが示されている。『事実文編』(嘉永二年成)の「芳洲雨森先生伝」においては、白石との王号問題を

めぐる論争及び徂徠との関係について言及しており、さらに「順庵称為後進領袖（順庵称して後進の領袖と為す）」という師・順庵の芳洲評、及び「常謂諸生曰、犬馬之歯方八旬、更無他能。唯教人不倦耳（常に諸生に謂ひて曰く、犬馬の歯、方に八旬なれど、更に他を能くすること無し。唯だ人に教ゆること倦まざるのみ）」という、教育に対する芳洲の思いを紹介しつつ、彼の教育者としての側面を強調している。

　以上の江戸時代の文献から見る芳洲は、「学問及び和歌などの文芸に至るまで、あらゆる文事に真摯な態度で臨む勤勉な学者」、「朝鮮通信使の接遇を含め、特に外交的な業務に力量を発揮した実務家」、「朝鮮語・中国語に堪能な語学専門家」、「晩年においてとくに子弟の指導に力を注いだ優れた教育者」などに要約されるだろう。この中で、近代以降の芳洲評価において最も焦点が当てられてきたのは、「外交的な業務に力量を発揮した実務家としての芳洲」である。国家間の関係が益々緊密になり、「外交」の重要性が増していく今日の潮流を勘案すると、とりわけ、芳洲の外交的な手腕や国際的な世界観が歓迎されたことは、自然なこととも思われる。

　ただ、芳洲が、あたかも近代的な意味での「外交官」として存在していたかのような捉え方には、慎重になるべきであろう。泉澄一氏は、著書『対馬藩藩儒雨森芳洲の基礎的研究』（関西大学出版部、1997年）の中で、芳洲が対馬藩において携わっていた「朝鮮方佐役」等の職務が、実は文書記録を主務とする役方であり、外交現場の第一線に立つようなものではなかったことを根拠に、「朝鮮外交を管掌していた」かのような論じ方は誤りであると述べ、自身のそ

れまでの論考への反省をも含め、「外交家芳洲」に注意を向けがちな研究の動向に対して注意を促している。稿者は、対馬藩記録の実証的な調査を基盤にする、泉氏のこのような指摘に共感する点が多くあった。さらに一人の人物を規定する際に、ある一面だけに集中した評価あるいは研究に依拠してしまうと、その人物像を歪曲してしまう危険性を孕む、という示唆をも得た。

　そこで稿者は、芳洲の研究において比較的に顧みられることの少なかった文学者としての一面を考察することによって、芳洲についてさらに理解を深めたいと考えている。「外交的な業務に携わる実務家」以外にも、たとえば、「語学者芳洲」については、主に『交隣須知』や『全一道人』などの考察及び芳洲の言語観を中心に研究が進められており、「教育家芳洲」についても、彼の通詞養成に関する研究など、研究の蓄積が進められている。しかし、「文事に携わる勤勉な学者としての芳洲」は、晩年の和歌習得で代弁される「勤勉さ」を強調する性格論的な紹介こそ多いが、具体的な文事の内実を究明する論考はまだ充分とは言えない。

　本論では、とくに芳洲の漢詩作品の基礎的な理解、芳洲の『荘子』観と江戸時代の『荘子』理解との関係、芳洲が関係した朝鮮通信使と日本の文人との唱和との有り様について分析することによって、芳洲の文事について総合的に理解することを試みる。以下、本論文の概要を示す。

　第一章においては、芳洲の漢詩作品や漢詩集についての基礎的な整理を行い、彼の漢詩人としての事跡を明らかにするとともに、芳洲の近世漢詩史における位置づけについて分析する。

　第一章第一節では、現存する芳洲の漢詩作品について概説する。芳洲の詩は、『停雲集』（享保十三年刊）・『木門十四家詩集』（安政三年刊）に各々九首・二十六首が収録されているのみで、芳洲自身の詩集は刊行されていない。しかし、主に雨森芳洲文庫の中に、写本の形で芳洲詩集が多数残っている。そこで、これら写本の資料から、各詩篇の成立時期を推定することで、芳洲の作詩の足跡をうかがう。

　第一章第二節では、芳洲詩集と芳洲の長男の詩集が合綴された『雨森芳洲・鵬海詩集』を考察する。同詩集は、芳洲文庫のほかに、関西大学附属図書館・筑波大学附属図書館にそれぞれ異本が存する。三本ともに写本で、芳洲の自筆ではない上に、字句や収録詩数において異同があり問題を含んでいる。本節では三本の比較考察を行った上で、より善本に近い写本の選定を試みる。

　第一章第三節では、『橘窓茶話』など芳洲の随筆中に含まれた漢詩関連記録を中心に、芳洲の漢詩観を考察する。雨森芳洲の詩文に関する先行研究には、中村幸彦「風雅論的文学観」（『中村幸彦著述集1』中央公論社、1982年）、上野日出刀「雨森芳洲について（二）」（『活水論文集日本文学科編』29、1986年3月）、丹羽博之「雨森芳洲『橘窓茶話』に見える杜甫・白楽天」（『大手前大学人文科学部論集』7、2007年3月）等があるが、芳洲の漢詩観についての検討は、まだ充分とはいえない。そこで、本節においては、随筆及び芳洲の書いた序文・書簡などから彼の漢詩観を考察し、それが当時の漢詩壇の流れとどう関わったかを究明する。

　第一章第四節では、芳洲の作詩中「少年行」詩を考察する。管見

の限りでは、芳洲の漢詩に「少年行」詩は五首存する。この「少年行」詩は、中国の楽府題を踏襲したものである。楽府題を踏襲した「少年行」を分析することは、中国詩の伝統をどのように継承しているかを考える上で有意義となる。そこで、芳洲の「少年行」五首を、中国詩、特に類似する語句が多く見られる李白詩と比較検討することにより、芳洲の詩の考察の試みとした。

　第二章は、芳洲の『荘子』観を考察するものである。正統な朱子学を追求する「醇儒」芳洲が『荘子』にも多大な関心を寄せていたことは、興味深い事実として指摘されてきたが、芳洲の『荘子』観についての本格的な分析はまだ為されていない。稿者は本章で、芳洲における『荘子』観を分析し、芳洲の思想の一端を究明する。

　第二章第一節では、芳洲の随筆や漢詩の中で『荘子』と関わるものを分析することで、儒学とは相反する内容を多く含む『荘子』を、芳洲が受け入れることができた理由、また、彼の主張する「三教合一」論が『荘子』観とどう結びついているかを究明する。

　第二章第二節は、芳洲が江戸中期の談義本『田舎荘子』(享保十二年刊)を高く評価したことの内実を考察するものである。『橘窓茶話』における芳洲の『田舎荘子』への賛辞は、儒者の俗文芸肯定という文脈のなかで、すでに指摘されているが、そうした評価がなされた理由や背景については、具体的な考察が行われていない。本節では、芳洲の『荘子』観と『田舎荘子』の作者の『荘子』理解が、ともに蘇軾の「荘子祠堂記」を踏まえているなど共通点を持っていることを指摘する。

　第三章では、正徳元年と享保四年に来日した朝鮮通信使と日

本の文人との間に交わされた詩文の交流について考察している。通信使との唱和の記録には、当時の日本の漢文学のあり方を考える上で重要な情報が含まれている。本章では、これらのなかから、とくに興味深いと考えられる二例について検討を加える。なお、第三章における考察は、芳洲の文事そのものを取り扱うものではないが、正徳元年と享保四年の通信使たちに随行していた芳洲は、その交流を仲介及び調整する役割を担当していた。芳洲が間近に見聞していた日朝交流が、彼の詩文観になんらかの影響を与えたであろうことが十分に想定されることから、芳洲の文事理解において意味をもつと考える。

　第三章第一節では、朝鮮通信使申維翰（シンユハン）による日本漢詩批評の内実を分析した。享保四年（1719）に朝鮮通信使として来日した申維翰は、泉州の大商人・唐金梅所（からかねばいしょ）の漢詩集『梅所詩稿』の序文を認めたが、同序文は朝鮮通信使の漢詩の評価基準を示す資料として分析の意義がある。そこで、申維翰の序文の内容を、梅所の実作とともに比較検討する。そして、その評価の背景に中国明代の古文辞派の影響が存在することを指摘する。

　第三章第二節は、雨森芳洲文庫蔵『三宅滄溟筆談集』（写本）を通して、三宅家三代の通信使接応の事例を紹介する。三宅家は、三宅滄溟の祖父の代から、三代続けてそれぞれ朝鮮通信使たちと交流し、また、その接応の様子に類似性が多い点で興味深い事例であるが、まだこのことを論じた論考を稿者は知らない。本節では、『三宅滄溟筆談集』や『和漢唱酬集』（天和三年刊）及び朝鮮側の資料『海遊録』を考察し、三宅元菴・三宅逐宇・三宅滄溟と続

く、三代の通信使との交流の実態を明らかにする。そして、三宅家三代に見られた共通点が、通信使接遇の典型化の一例であると位置づける。

　以上の考察を通して、芳洲の文事の有り様とその意義を明らかにする。

　なお、引用に付した下線・囲み等は稿者によるものであり、漢字は通行の字体に改めた。また、漢詩文の読み下し文に関しては原則として稿者によるものであり、他の文献から引用した場合はそのつど出典を明記した。

　最後に本論文集は稿者の博士学位論文を修正補完して刊行するものであることを断っておく。

第一章

漢詩人としての雨森芳洲

第一節
芳洲漢詩の全体像

一 『停雲集』(享保三年刊)[1]

　『停雲集』は、新井白石編、享保三年(1718)刊行の漢詩集で同時代作者24名の作品261首を収録しているが[2]、そのうち芳洲の漢詩は9首である。

　編者の新井白石(1657〜1725)は、言うまでもなく、芳洲と同じく木下順庵門下であるが、白石は、師の木下順庵に漢詩の才能を認められ、芳洲も漢詩に関しては一目おいていた。芳洲が寛延二年(1749)、慈雲庵主梅荘顕常(大典、1719〜1801)に宛てた次の書簡からは、白石に自身の漢詩数十首の添削を乞うたことが知られる。

---

1)『詞華集日本漢詩』第九巻(汲古書院、1984年)
2) 前掲注1の松下忠氏の解題による。

詩ハ天性生れ付さる他国之詞ニ而候故、能々教ゆる師もなくよく
学ぶ弟子も無之、大概に韻を圧のミに候へは、我もよしと存し人も誉
事にて、其実ハ詩にハあらす候、唐にて挙子の業を勤め朝廷の録を食
候士太夫、四甲五甲ハ申に及はす二甲三甲ニ登り候人ニ而も、詩の
拙きハいか程も有之由ニ御座候、此筋を以論し候得ハ文ハ可学して
詩ハ不可学事のやうにも相見へ申候、かやうの所是又勘弁可致事ニ
御座候、私儀四十九歳の時江戸に罷登り、筑後殿（稿者註：新井白
石）六十有余にていまた達者ニ御座候故、詩之点削を乞申候処に殊
之外辞退に御座候得共、達而懇請致し候付、数十首点削を賜ひ、誠
ニ精しく尤成事に御座候ひき、白石詩艸之内之詩に、此以前私弱冠
有余にして木先生之学塾に居候事、自然に探題限韻候詩も有之候、
其節詩を善する人とはそんし候へとも、朝鮮人の誉候ほとニハ存し
不申、実に無眼目事と今ニ不堪慚愧候、[3]

　芳洲は、上記の書簡において詩論を論じる中で同門の白石に言
及しているが、芳洲の漢詩に関する白石への評価は、順庵門下で修
学していた頃よりも後に一層高まったようである。その要因は、朝
鮮の文人たちの、『白石詩草』への評価であった。そのことは、次に
挙げる大典宛書簡（前掲と同書簡）に、明白に表れている。

　私同門新井筑後守殿ハ少年之時より詩をたくミ候人ニて、正徳信
使之時白石詩艸一冊開板致され、三使へ見せ申され候時、殊の外奨
美致し候、其節ハ当時之挨拶ニ候哉と存候処、正徳より三十九年の

3) 寛延二年（1749）11月20日付け 慈雲菴主宛（芳洲82歳）『雨森芳洲全書3 芳洲外
交関係資料・書翰集』（関西大学出版部、1982年）pp.338〜339

内、白石詩草を朝鮮人方より私方に所望申来候例三度有之候、定而
外へも申来候所可有之哉と存し候、信使始り候以来只今まて一百
何十年と申すになり、其間日本の詩文を以韓客と贈答致し候人千人
ニはるか余り可申候得共、終に其詩集を求め候事ハ私一代之内筑後
殿より外ニハ一人も無之、私より以前ニも終に不承事に御座候、殊
に享保信使之時ハ白石詩艸之内十五首書ぬき致し、持渡り候と申、
学士私に咄し申候、左候へハ、朝鮮にても慥ニ筑後殿詩は珍しく存
候と相見へ申候、（中略）筑後殿にも新介殿ニも唐音ハ曽而知さる人
ニ御座候、左候へハ唐音ならてハとも申かたく、また唐音はいらぬも
のなりとハ申かたく候[4]

　「正徳信使」は、芳洲44歳の年、正徳元年（1711）に、来日した朝鮮
通信使のことであるが、『白石詩草』はその翌年、通信使の序跋を附
して刊行された。その際、白石の詩才について、通信使からの多大
な賞賛があったが、芳洲は儀礼的なものと考えたようだ。しかし、
通信使によって朝鮮に伝えられた『白石詩草』は、朝鮮の文人の間
で相当な反響を呼んだらしく、以後芳洲は三度、朝鮮人から『白石
詩草』を所望されたという。芳洲は、前代未聞のこととして、かなり
驚いたようである。『橘窓茶話』『たはれ草』の記述から推すと、芳洲
は日本人の漢詩作について、言語の違いによる限界があると思って
いたふしがあり、漢詩作のために唐音を学ぶ必要があると感じてい
たため、唐音を知らない白石の漢詩が朝鮮の文人を魅了したという
ことは、意外だったのではないか。

---

4)『芳洲外交関係資料・書翰集』pp.338〜339

　『停雲集』に話を戻すと、書簡において、芳洲は「四十九歳のとき江戸に上り、白石に自分の詩数十首の添削を乞うた」と記しているが、芳洲49歳の年は享保元年（1716）であり、『停雲集』はその二年後の享保三年（1718）に刊行されている。とすれば、『停雲集』に収められている芳洲の詩9首は、芳洲が添削を依頼した数十首から、白石が厳選したものではないだろうか。

　もちろん、芳洲は正徳元年（1711）にも通信使に同行して江戸で白石と顔を合わせており、他にも書簡のやりとりがあったため、確定はしがたい。ただ、正徳通信使の際は、将軍の称号をめぐって、芳洲と白石の対立が先鋭化していたので、そのような時期に芳洲の漢詩が白石に託されたとは考えにくいだろう。

　『停雲集』所収の芳洲の詩には、その成立時期が分かるものもわずかながら存する。

> 丁亥歳奉役朝鮮、経雞知村梅花数株爛熳可愛。雖歴寒暑、宛在心目、今夜与児徳允話及曩昔、慨焉久之
>
> 　春風識面野村梅
> 　苦竹叢前雪作堆
> 　冷雨荒江身万里
> 　夢魂猶覚暗香来

　「丁亥歳」は、芳洲が40歳であった、宝永四年（1707）であると推測される。「児徳允」は、次男の龍岡（1703〜1756）のことで、時に5

歳であった。「朝鮮に役を奉る」ことが、具体的に何を指すかは不明だが、朝鮮外交に関するなんらかの公務のために移動中、鶏知村[5]を通過したと解してよい。ただ、5歳の息子に昔のことを話すという「詩題」の内容には、やや疑問が残る。

　芳洲以外の木門の人物の詩としては、室鳩巣の30首、祇園南海の30首、松浦霞沼の4首等がある。

二　『木門十四家詩集』（安政三年刊）[6]

　『木門十四家詩集』は、新井白石編、安政三年（1856）刊の漢詩集である。松下忠氏によると以下のように紹介されている。

　　もくもん（ぼくもん）じゅうしかししゅう　上中下三巻三冊。詩集。新井白石編著。白石が手書したものを臨写し、堀田正脩家に伝えられたものという（書二木門十四家詩集後一）[7]。白石を除き木門（順庵門下）の高弟十四名の詩四百七十六首と摘句二十一句を収め

---

5) 対馬に所在。住吉神社がある。芳洲が居住していた厳原からは、およそ10km北側に位置している。

6) 『詞華集日本漢詩』第九巻

7) 「書二木門十四家詩集後一」の全文を下記に示す。
　「安中侯節山君収-下拾先儒著書之未レ經刊行二者上。陸續上レ梓。積年之久。㒵然成レ帙。蓋倣二清人鮑氏知不足齋叢書一也。余家久藏二木門十四家詩集一。蓋臨二寫白石先生手書一者。舉以示レ侯。侯一覧欣然。就請二收入一。乃命二侍臣一。校訂一過。致二諸座右一。亦聊欲下助二侯發二潜德一之美意上耳。弘化三歳次二丙午一黄鐘。堀田紀正脩伯永識。」

ている。本書は安中藩主板倉勝明編輯の「甘雨亭叢書」の第五集に
収められている[8]。

　『木門十四家詩集』には、芳洲の詩が26首収められているが、特記
すべきことは、『停雲集』に収められている芳洲の詩9首がすべて『木
門十四家詩集』にも重複して収載されていることである。芳洲が享
保元年、白石に添削を依頼した数十首が、白石によって『木門十四
家詩集』に収録され、また白石自らが厳選した9首が『停雲集』に収
められたと推測されるところであるが、やはり確証はないので、しば
らく措くこととする。

　両書に重複する芳洲漢詩をみると、やや異同があることが確認で
きる[9]。

　　　寒夜江口泊舟
　　　百里帆初落　篝灯影欲空
　　　寒潮終夜雨　落木一船風
　　　戍客鳴辺柝　舟人候曙鐘
　　　重江半艱険　孰若嘆途窮　　　　　　→『停』では「就」

　　　問友人　　　　　　　　　　　　　　→『停』では「簡」
　　　君自西京幾日到　清標曾向夢中看
　　　関河馳馬孤雲度　風雨随身一剣寒

---

8) 前掲注1の松下忠氏の解題による。
9) 漢詩は『木門十四家詩集』による。異同のある箇所を網掛けで表示し、『停雲集』
　（『停』）での異字を示した。

混俗多年双眼白　論交此處寸心丹
満杯緑酒須相勤　知己相逢従古難

寺帰
天風吹袂下崔嵬　尽日談玄心已灰
凋樹霏微帰鳥外　一僧相送過溪来　　　→『停』では「烟」

癸亥歳奉役朝鮮路経雞知村梅花数株爛熳可愛雖歴寒暑宛在心
目今夜与児徳允話及曩昔慨焉久之。
　　　　　　　　　　　　→『停』ではそれぞれ「丁」「（ナシ）」
春風識面野村梅　苦竹叢前雪作堆
冷雨荒江身万里　夢魂猶覚暗香来

　異同は上記のごとくであるが、4首目の「丁亥」（『停』）と「癸亥」
（『木』）の異同に関しては、明らかに『木門十四家詩集』の方が誤り
と推測される。というのも癸亥の年は、天和三年（1683）か、寛保三
年（1743）に当るが、次男龍岡（「児徳允」）が元禄十六年（1703）生
まれであるので天和三年（1683）ではありえず、また、『停雲集』の刊
行が享保三年1718）であり、白石は享保十年（1725）に没しているた
め、寛保三年（1743）でもありえないからである。
　他の異同に関しては、平仄等によってもどちらが適切か証明する
ことはできないが、白石の手書きを臨写したものを元にして刊行さ
れた『木門十四家詩集』に、書写上のあやまりが生じている可能性
が高いと考えられるだろう。

　なお、『木門十四家詩集』に収録される作者別作品数をまとめると次のようである。

　　　　室鳩巣　　　百二首

　　　　木下浄庵　　三首

　　　　木下竹軒　　七首

　　　　益田鶴楼　　三十九首

　　　　西山西山　　二十七首

　　　　榊原篁洲　　三十五首

　　　　南部南山　　二十七首　　摘句二十一句

　　　　雨森芳洲　　二十六首

　　　　松浦霞沼　　十首

　　　　祇園南海　　百二十首

　　　　勝田雲鵬　　二十四首

　　　　石原哲菴　　四首

　　　　岡島石梁　　三十首

　　　　岡田竹圃　　二十二首

　合計すると、作者14名　詩篇476首、摘句21句である。

三　『雨森芳洲同時代人詩文集』(写本)

　『雨森芳洲同時代人詩文集』は、刊行されたものはなく、写本でのみ伝存している。雨森芳洲文庫本の書誌情報を示すと、次の通り

である。

　　　所蔵：滋賀県高月観音の里歴史民俗資料館（雨森芳洲文庫）

　　　資料番号：26‐3

　　　刊写：写本

　　　巻冊：一冊

　　　寸法：21.9×16.0㎝

　　　表紙：茶色。左上に「五番之内五冊」との貼り紙あり。右下に「雨
　　　　　　森」左下に「五冊ノ内」との墨筆あり[10]。

　　　構成：全四十八丁（うち、墨付き四十一丁）。四丁裏に「諸先生并
　　　　　　芳洲詩文集」、三十四丁表に「丁未詩稿」と内題がある。

　前半、つまり三十三丁表までは雨森芳洲及び同時代人の漢詩が
収録されている。作者と、作者別漢詩数は次の通りである[11]。

　　　天野景胤（条右衛門）　三首

　　　黄檗僧旭如　　　　　　二首

　　　松崎祐之　　　　　　　一首

　　　小倉尚斎　　　　　　　二首

　　　小谷清蔵　　　　　　　一首

　　　飯田東渓　　　　　　　一首

---

10) 水田紀久氏の指摘によれば、芳洲七代の子孫・二橘の筆である。滋賀県教育
　　委員会編『雨森芳洲関係資料調査報告書』（高月町立観音の里歴史民俗資料
　　館、1994年）
11) 作者の目録が、一丁表・一丁裏に記されている。

雨森芳洲　　　　　九首

　三十四丁表には「丁未詩稿」と内題があり、以下に芳洲の詩56首を収める。「丁未」は、享保十二年（1727）、芳洲60歳の年であったが、この年は、芳洲にとってどのような年であっただろうか。次の引用は、『雨森芳洲関係資料調査報告書』芳洲年譜の享保十二年部分である。

　　4月19日　芳洲、『入贅女婿定式』を著す。
　　6月7日　　芳洲、御草履取組支配を命じられる。
　　8月11日　芳洲、<u>役目御免を願い出るが許されず</u>[12]。
　　（中略）
　　12月　　　芳洲、『勧懲定式』を著す。
　　　　　　　芳洲、『通詞仕立帳』を上申。朝鮮通詞養成の惣下知を
　　　　　　　命じられる。

　芳洲は8月11日に御役御免を願い出ている。還暦を迎えようとしていることを意識したからか、健康などの個人上の問題等、様々な要因を考えることができるが、いずれも想像の域を出るものではない。ただ、「御役御免」を願い出るという行為から、この年に何らかの区切りを付けたいと思っていたということは、推測できるのではないか。
　芳洲の交流関係を窺わせる内容としては、三十四丁表の「公舎春

───────────────────
12）『表書札方毎日記』（宗家文庫）による。

日呈岱長老」[13]や四十一丁裏の「次雲崖和尚韻」が挙げられる。「岱
長老」「雲崖和尚」とは、雲崖道岱を指すが、雲崖道岱は、享保十一
年（1726）と元文三年（1738）の二回にわたって、以酊庵輪番僧と
して対馬に赴任した五山僧である。「丁未詩稿」は、丁未年、つまり
享保十二年（1727）の成立と考えられるので、「雲崖和尚」に関わる
詩は一回目の輪番の際に作られたものであろう。雲崖道岱の一回
目の輪番期間は、享保十一年四月から享保十三年四月までであっ
た。

　芳洲の漢詩には、以酊庵僧との交流を窺わせるものが多数ある。
このような詩は、詩集の成立を推定する上でも、芳洲の交流関係を
研究する上でも役にたつと考える。

四　『雨森芳洲詩稿』（写本）[14]

　『雨森芳洲詩稿』も同じく写本でのみ伝存している。雨森芳洲文
庫本の書誌情報を示すと次の通りである。

---

13) 序に当るものであろうか。以下にその全文を示す。「公舎春日呈岱長老／當此
　春光明媚之辰。采芳於洲沚、踏青于郊墅。呼盧聲振諸烟霞、品曲塵飛乎梁
　棟。或伴僧侶於竹院茗供消日、或招豪朋於高閣劇飲達旦。豈非人生一大快
　事哉。弟子才素樸樕、年迫桑楡、終日危坐於簿書期會之中。上無補於時、下
　有損於己。拮据應接悟々如也。適聞吾師傳燭敲鉢締成良會。乃以公舎春日
　為題。欣然自言曰、斯舉也、無乃為我輩而設耶。」（句読点は稿者による。）
14) 題は『雨森芳洲関係資料調査報告書』による。原本には、表紙にも本文にもこ
　のような題は見当らない。

　　所蔵：滋賀県高月観音の里歴史民俗資料館（雨森芳洲文庫）

　　資料番号：48

　　刊写：写本

　　巻冊：一冊

　　寸法：25.0×18.3㎝

　　表紙：黄色。左上に「鵬海直筆詩集」・右下に「雨森所蔵」との墨

　　　　　筆あり[15]。

　　構成：全八丁。内題はなく、一丁表から八丁裏まで芳洲の詩が86

　　　　　首載る。裏見返しに「鵬海筆」との墨筆あり。

　『雨森芳洲詩稿』には、成立を知らせる序跋がなく、詩題にも年代
を表わす表現は見えないが[16]、詩の内容を見ると、芳洲の年齢を推
定できるものが確認できる。

　　南隣〈六丁表〉　　南隣

　　南隣老叟健無憀　南隣の老叟　健にして憀無し

　　折簡相期湖上達　折簡　相ひ期す　湖上に達するを

　　風月従教同徃昔　風月　従教（さもあらばあれ）　徃昔に同じきを

　　百年過半少歓悰　百年　半ばを過ぎて　歓悰（かんそう）　少なし

---

15) 前掲注10の水田紀久氏の指摘によれば、芳洲七代の子孫・二橘の筆である。

16) 月日を明記している詩題が六首確認できるが、すべて九月のものである。その
　　詩題を、以下のように示す。「九月十三日多田左門席□次公辨親王賦漁夫畫
　　軸韻」・「九月十三夜賞月」（以上、二丁表）、「重九」「塩川味木二子餞我徳松院
　　中時九月十七日也」（以上、五丁表）、「九月二十一日訪國性寺與日沾上人畧叙
　　□時」（六丁表）、「九月二十七日詣萬松院菊花盛開錦繡交映眞奇観也」（八丁
　　表）

示某集秀才〈七丁裏〉某集を秀才に示す

五十老叟鬢如霜 五十の老叟　鬢　霜の如し

一笑締交年共忘 一笑して交を締し　年　共に忘るる

休怪相逢頻屈膝 怪しむを休めよ　相ひ逢ひて頻りに膝を屈するを

才華君是丈人行 才華　君　是れ丈人行な)行らんとす[17]

自題〈八丁裏〉　自題

半百閑翁好弄觚 半百の閑翁　好く)觚を弄ぶ

苦吟全似有愁呼 苦吟すれば　全て愁呼有るが似し

溢箱汚壁皆詩句 箱より溢れ　壁を汚すは　皆な詩句なれど

子細看来一首無 子細に看来たれば一首も無し

　上記下線部の「百年過半」「五十老叟」「半百閑翁」などは、内容からみて作者自身を指していると考えられるため、いずれも芳洲五十歳頃の作と推測できる。とはいえ、これらは概数である可能性を否定し得ない点に問題を残す。そこで、次に挙げる詩を見ると、より具体的な年齢を確認することができる。

偶成〈五丁裏〉　偶成

西走東奔事々空 西走東奔　事々　空なり

送春未幾又秋風 春を送りて未だ幾くもなくして　又た秋風す

---

17)「丈人」は、知識・徳行のある年寄りの意。「行丈人（行丈人ならんとす）」が意味的に正しいが、平仄を合わせるために「丈人行」にしただろう。「華」は平声、「丈」は仄声なので、「行丈人」だと、二文字目と四文字目の平仄が対になるべきだという漢詩の規則に合わない。

　　夜深閉目静追念　夜深く　目を閉じて静かに追念すれば

　　五十三年一夢中　五十三年　一夢の中

　　上記の作品は、奔走しながら生きてきた過去のことを顧みなが
ら空しい気持ちに浸り、結句では「五十三年がまるで一度の夢のご
とくだ」と、述べている。この表現からこの作品は芳洲五十三歳の
作であると考えられるだろう。芳洲が、53歳の年である享保五年
(1720)は、第九次朝鮮通信使が来日した翌年であった。享保度の
通信使一行は、享保四年(1719)六月二十七日に対馬府中に到着
し、その後、芳洲は松浦霞沼とともに真文役として通信使を護行
し、江戸対馬間を往復している。芳洲が対馬に戻ってきたのは同年
の12月21日であった。半年近く通信使を護行するのは、肉体的にも
精神的にも大変なことであっただろうが、さらに、享保度通信使と
は、作法や宴会場所などをめぐって何度も対立している。享保度通
信使の製術官であった申維翰の『海遊録』には、緊張感あふれる交
渉の場に臨む芳洲の様子が描写されている。

　　正徳元年(1711)の通信使護行、正徳三年(1713)都船主としての
朝鮮派遣[18]、正徳四年(1714)の江戸派遣[19]、享保四年四月、江戸よ
り帰着してからまもなくの享保度通信使護行など、芳洲の四十代
から五十代にかけての期間は、まさに「西走東奔」に尽きる期間だっ
たのである。

　　以上、『雨森芳洲詩稿』には、「五十老叟」など、芳洲が当時五十

---

18) 徳川家宣の逝去を告げる告訃参判使の都船主としての派遣。

19) 幕府の銀輸出制限問題をめぐるもの。

歳であることを思わせる表現が含まれた漢詩、53歳の作と推定される漢詩などが収められていることから、『雨森芳洲詩稿』は、芳洲の五十代前半の漢詩を中心に収めたものであると推定される。

五　『瀬戸内海航行詩』（写本）[20]

　『瀬戸内海航行詩』も同じく写本でのみ伝存している。雨森芳洲文庫本の書誌情報を示すと次の通りである。

　　所蔵：滋賀県高月観音の里歴史民俗資料館（雨森芳洲文庫）

　　資料番号：53

　　刊写：写本

　　巻冊：一冊

　　寸法：27.6×19.4Cm

　　表紙：黄色。外題に「詩集 鵬海筆」とあり、右下に「雨森」との墨
　　　　　筆あり。

　　構成：全九丁。内題はなく、一丁表から九丁裏まで漢詩62首が収
　　　　　められている。このうち、54首が芳洲の長男、鵬海の作で、
　　　　　芳洲の作は8首である。芳洲の詩は、「次厳父韻」「次家君
　　　　　韻[21]」などの鵬海の詩の後に、「原韻」として載る。

---

20) 題は『雨森芳洲関係資料調査報告書』による。原本には、表紙にも本文にもこ
　　のような題は見当らない。

21) 「家君」は父親を指す。

　『雨森芳洲関係資料調査報告書』の書誌では、同書の成立を「正徳四年」とし、「雨森鵬海が父芳洲と共に瀬戸内海を航行中の詩を収める」としている[22]。正徳四年はどんな年であっただろうか。下記に年譜[23]を示す。

　　正徳四年9月9日芳洲、朝鮮筋御用（幕府の銀輸出制限問題）につき江戸へ派遣され、白石と論争する[24]。

　　　　　芳洲、白石に（鵬海）[25]詩の批評・添削を乞う。

　年末　　芳洲、荻生徂徠と初めて会談する。徂徠、芳洲を「偉丈夫・福人」と評する。芳洲、鵬海を徂徠の門に入れる。

　正徳四年は芳洲47歳の年であり、芳洲は同年9月9日に公務のため江戸に向った。そして、年末には長男の鵬海を徂徠の門に入れている。つまり、9月9日に、芳洲は長男鵬海を同行させ江戸へ航海に出たと考えられる。『瀬戸内海航行詩』には、八丁表に「又重陽日開船」という詩があるが、「重陽」は9月9日であり、「開船」は「出帆」の意味なので、やはり9月9日出帆して江戸に向った正徳四年の作詩であることは間違いないだろう。

---

22)「雨森鵬海が父芳洲と共に瀬戸内海を航行中の詩を収める。芳洲の原詩を示し、これに和韻した作が多い。夷崎・地島・西光寺・白浜・小倉・赤間関・周防洋・向浦・室澄・普賢寺・上関・神室・奴和浦・柴戸浦・岩城・鞆浦・室野・走嶋・平野・薬師・祇園・仙酔・原・山田・備前洋・室浦と東上し、「総五十三首」とあり、「十月二日抵大坂城」として落合江一首を巻尾に据える。」（『雨森芳洲関係資料調査報告書』p.72）

23)『雨森芳洲関係資料調査報告書』p.153

24) 雨森芳洲文庫蔵『陶山訥庵書状写』、宗家文庫蔵『御馬廻御奉公帳』『表書札方毎日記』による。

25) 稿者により補う。

　『瀬戸内海航行詩』の成立年を示唆する資料として、雨森芳洲文庫蔵『雨森鵬海詩抄』（写本）がある。同書は『瀬戸内海航行詩』所収の鵬海の作に、新井白石の批点を加えたものを収める。『雨森鵬海詩抄』についての『雨森芳洲関係資料調査報告書』の記述を下記に引用する。

　　雨森鵬海（一六九八〜一七三九）が父芳洲と同行、瀬戸内海を航行中の詩三十首を収める。五三号瀬戸内海航行詩の前半と同一内容（但し父芳洲の原詩は掲出引用なし）。新井白石（一六五七〜一七二五）の批点があり、巻末には七絶形式で、父芳洲と初対面の日にことよせ、二世鵬海の詩を賛えた正徳四年（一七一四）の白石後語が認められている。「伯陽少日我相知、一別寧思再會期、況復見君詩翰妙、恰如初見伯陽時、正徳甲午仲冬白石源君美題（源君美印）」伯陽とは芳洲の字である。時に鵬海十七歳、白石五八歳であった[26]。

　白石後語に「正徳甲午仲冬」（正徳四年十一月）とあるため、これが『瀬戸内海航行詩』正徳四年成立の根拠となるわけであるが、航行中に息子と漢詩を唱和し、その息子の漢詩の添削を同門の白石に乞うことは、息子の教育に心血を注ぐ父としての芳洲の一面を表すものであるといえる。芳洲はこの年、荻生徂徠と対面して鵬海を徂徠の門に入れるが[27]、江戸に旅立つときに鵬海を同行させたの

---

26) 『雨森芳洲関係資料調査報告書』p.123
27) 翌年の正徳五年（1715）春頃、芳洲は入門三ヶ月で鵬海を引き取っている。こ

は息子に教育の機会を与えるという明確な意図があったためと考えられる。公務のための旅程をも、息子の教育の場に活用するという、父としての一面がうかがえるのである。

六 『雨森芳洲詩集抄』(写本)

『雨森芳洲詩集抄』も同じく写本のみ伝存している。雨森芳洲文庫本の書誌情報を示すと、次の通りである。

> 所蔵：滋賀県高月観音の里歴史民俗資料館(雨森芳洲文庫)
> 資料番号：29
> 刊写：写本
> 巻冊：一冊
> 寸法：24.8×19.1 Cm
> 表紙：黄色。外題「雨森芳洲詩集抄」・右下に「古藤貞安江／与
> 　　　之」との墨筆あり。見返しに、「古藤記」として芳洲の伝記
> 　　　が載る[28]。
> 構成：全二十二丁。内題はなく、芳洲の詩百六首が収められて
> 　　　いる。全詩数は百八首であるが、十一丁裏の「題以酊庵

の事実は『徂徠集』によって分かるが、その具体的な理由は明らかにされていない。

28) その全文は、次の通りである。「雨森東字伯陽〈近江国／雨森村〉人其姓橘號芳洲初受業錦里門人年十七八東見先生於都下風神秀朗才辯談博先生稱為後進領袖曾對州諸門人以為書記先生因薦其材遂以文章為韓人所雅重云　古藤記」

　壁」・二十丁表の「依源和尚韻賦柳絮」は重出。「題以酊庵
　壁」に「重出」の貼紙あり。見返しの芳洲略伝と、本文は別
　筆。

　同書については、『雨森芳洲関係資料調査報告書』に書誌情報が
掲載されているが、報告書は、筆跡に関して、「全編一筆」としてい
る。しかし、略伝と本文を同筆とするには違和感を禁じ得ないとこ
ろである。表紙に「古藤貞安江／与之（古藤貞安へこれを与ふ）」と
あり、見返しの略伝に「古藤記」とあることから、某が同書を古藤貞
安という人物に与え、古藤貞安が見返しに略伝を書いたと考える
のが自然であろう。
　『雨森芳洲関係資料調査報告書』の書誌には、「古藤文菴筆カ」
との推定もなされているが、古藤文菴は、芳洲に先立って対馬に赴
任していた陶山訥庵の言行録を記した人物である[29]。「古藤文菴筆
カ」という推定は、「古藤貞安＝古藤文菴」という判断であろうか。
古藤文菴に「貞安」という名・号があったかは不明であるが、芳洲
とともに対馬藩に仕えた陶山訥庵（1658〜1732）の言行を詳しく
知っていた文菴ならば、芳洲とも近い距離にいたことは間違いない
だろう。果たして、「訥庵先生記」には、芳洲の逸話が所々に確認で
きる。よって、見返しの略伝を書いた「古藤」が古藤文菴である可

29）『陶山鈍翁遺著續編』（日本経済叢書13、日本経済叢書刊行会、1915年）に「訥
　庵先生事記」という題で収められている。解題に「訥庵先生事記は、古藤文菴
　と云ふ人の筆記に成れるものにして、鈍翁（稿者注：陶山訥庵）の行状に関する
　雑話、五十九条を、年代に拘はらず、見聞のまゝ記したるもの〉由、鈍翁の学系
　等は本書に最も詳かなり」とある。

能性は高いが、判断を確定するためには、文菴による言行録の字体との比較作業が必要である。今後の課題としたい。

『雨森芳洲詩集抄』には、特に成立時期を表す記録はない。よって、詩題と漢詩の内容から成立時期を推定することとする。

まず、十四丁裏に「乙丑二月廿三日偶作園梅終開」(66首目)という題の漢詩がある。「乙丑」は、延享二年(1745)芳洲78歳の年である。また、十七丁裏に「題漁夫図」(79首目)という漢詩があるが、詩の末尾に「芳洲七十八歳作」と本文と同筆の註が附されていることが確認できる[30]。

成立時期に関するもうひとつの手がかりは、詩題あるいは内容にみえる以酊庵僧侶である。以酊庵僧侶は、外交業務のために二年間の任期で対馬に赴任する五山僧のことであり、輪番時期を照合することによって詩の成立時期を推定することができるのである。

以酊庵僧侶と考えられる人物が登場する詩をまとめると次の通りである。

> 11首目　三丁裏　　「次岱公韻」(岱公の韻を次す)
>
> 14首目　四丁表　　「奉呈幻庵和尚」(幻庵和尚に奉呈す)
>
> 17首目　五丁表　　「奉次幻庵和尚辱賜高韻」(幻庵和尚より
> 　　　　　　　　　　辱く賜りたる高韻を次し奉る)
>
> 55首目　十二丁表　「次瑞源和尚韻」(瑞源和尚の韻を次す)
>
> 73首目　十五丁裏　「依源和尚韻賦柳絮」(源和尚の韻に依り
> 　　　　　　　　　　て柳絮を賦す)

---

30) 原文は、右の画像の通りである。

81〜85首目　十七丁裏「奉和驢山老和尚新春五首瑤韻」(驢山[31]
　　　　　　　　の老和尚の新春五首の瑤韻を和し奉る)
107首目　二十二丁裏「次(翠岩)和尚韻」[32](翠岩和尚の韻を次す)

　次に芳洲七十代前後の時期に該当する以酊庵輪番僧の名と任期
を示すと次の通りである[33]。

　　　第五十九代　　東明覚沅　　享保二十一年四月〜元文三年四月
　　　　　　　　　　　　　　　　　　　　　　　　(芳洲69〜71歳)
　　　第六十代　　　雲崖道俗　　元文三年四月〜元文五年四月
　　　　　　　　　　　　　　　　　　　　　　　　(芳洲71〜73歳)
　　　第六十一代　　雲岩中筠　　元文五年四月〜寛保二年四月
　　　　　　　　　　　　　　　　　　　　　　　　(芳洲73〜75歳)
　　　第六十二代　　維天承瞻　　寛保二年四月〜延享一年五月
　　　　　　　　　　　　　　　　　　　　　　　　(芳洲75〜77歳)
　　　第六十三代　　瑞源等禎　　延享一年五月〜延享三年三月
　　　　　　　　　　　　　　　　　　　　　　　　(芳洲77〜79歳)
　　　第六十四代　　翠巌承堅　　延享三年三月〜寛延三年五月
　　　　　　　　　　　　　　　　　　　　　　　　(芳洲79〜81歳)
　　　第六十五代　　玉嶺守瑛　　延享五年七月〜寛延三年五月
　　　　　　　　　　　　　　　　　　　　　　　　(芳洲81〜83歳)

---

31) 以酊庵の山号である。
32) 原文は、右の画像のようである。
33) 泉澄一「江戸時代、日朝外交の一側面」(『関西大学東西学術研究所紀要』10、
　　1977年9月)の「附録―対馬・以酊庵輪番対照表」に依る。

　55首目の「瑞源和尚」は、第六十三代瑞源等禎のことである。瑞源等禎は、宝暦四年（1754、芳洲87歳）五月にも第六十八代輪番僧として対馬に赴任しているが、到着してまもなく容態が急変し、翌月に没しているため、55首目の詩は瑞源等禎の延享元年から延享三年にかけての任期中の作であると考えられる。

　73首目の「源和尚」も、「瑞源等禎」とみてあやまるまい。では、81〜85首目の「驢山老和尚」とはいずれの以酊庵僧であろうか。85首目には、「為喜帰期今不遠、鯨波三月駕長風（為喜帰期　今遠からず、鯨波三月　長風に駕す）」とあるが、三月に海を渡って帰るということは、おそらく輪番僧が任期を終えて京都に戻ることを指すのだろう。三月に任期を終えたのは、第五十〜第七十代の輪番僧をみるに、第六十三代瑞源等禎以外に該当する人物はいない。よって、81〜85首目の「老和尚」とは瑞源等禎のことであり、この五首は彼の任期が終る延享三年（1746、芳洲79歳）三月に近い時点の作であったと考えられる。

　11首目の「岱公」は第六十代雲崖道岱[34]、107首目の「翠岩和尚」は第六十四代翠巌承堅であると考えられる。14首目・17首目の「幻庵和尚」は未詳であるが、他の例からみて漢詩が年代順に並んでいると仮定すれば、第六十一代雲岩中筠か第六十二代維天承膽のいずれかであると推測されるだろう。

　以上のことから、『雨森芳洲詩集抄』は、第六十代雲崖道岱の輪

---

34) 雲崖道岱は享保十一年（1726、芳洲59歳）にも第五十四代輪番僧として赴任しており、第六十代輪番は2回目であるが、瑞源等禎関連詩が延享元〜三年の間の作であることから、2回目の輪番時の作であると判断する。

番時から第六十四代翠巌承堅の輪番時までの期間、つまり元文三
年（1738、芳洲71歳）から寛延三年（1748、芳洲81歳）の間の作を中
心に収めていると推定される。

七　『雨森芳洲・鵬海詩集』(写本)[35]

『雨森芳洲・鵬海詩集』は、芳洲の詩集と鵬海の詩集が合綴され
て伝わるものである。本書の書誌情報は下記の通りである。

　　所蔵：滋賀県高月観音の里歴史民俗資料館（雨森芳洲文庫）

　　資料番号：25

　　刊写：写本

　　巻冊：二冊合綴

　　寸法：23.7×19.8Cm

　　表紙：茶色。右下に「雨森」「橘氏／清壽」との墨筆あり。

　　構成：墨付き一丁表から十九丁表までは芳洲の詩百一首を収め
　　　　　る。

　　　　　二十三丁表から四十三丁表までは鵬海の詩百二十六首を
　　　　　収める。

　　備考：芳洲詩集と鵬海詩集は別筆[36]。

---

35) 題は『雨森芳洲関係資料調査報告書』による。鵬海詩集に関しては、二冊目の
　　表紙に「鵬海詩集」という墨筆があるが、芳洲詩集に関しては内題・外題とも
　　に見当たらない。
36) 『雨森芳洲関係資料調査報告書』の書誌では、鵬海詩集を「雨森鵬海筆」として

　　　一丁表の右上に朱印あり。
　　　二十七丁裏～二十八丁表にかけての詩一首に抹消記号（×
　　　表示）あり。
　　　三十四丁表には、詩の一部の2行を塗り消している。その
　　　他、鵬海詩集において字を修正した痕跡が所々確認でき
　　　る。

　　上記の書誌は、雨森芳洲文庫本のものを挙げたが、『雨森芳洲・
鵬海詩集』は他にも関西大学附属図書館所蔵本と筑波大学附属図
書館所蔵本が存在する。その三本の間には、構成や字句において
相違がみられるが、それについては第二節で詳述する。
　　『雨森芳洲・鵬海詩集』には成立時期に関する記録が見えないの
で、詩題や内容から成立時期を考察する必要がある。但し、芳洲詩
集と鵬海詩集は合綴されたものであり、かつ別人による書写である
ので、両書を別個に成立したものと捉え、考察することとする。
　　芳洲詩集の詩題の中には、成立年を窺わせる「戊辰」の語を含む
詩題が七例ある。戊辰年は、延享五年（1748）芳洲81歳の年にあた
る。下記に、その詩題と、詩題から分かる作詩時期を示す。

　　　6首目　二丁表　「戊辰試毫」[37]　　　　→ 延享五年一月一日
　　　21首目　四丁裏　「奉次洪崖和尚戊辰元旦韻」
　　　　　　　　　　　　　　　　　　　　　→ 延享五年一月一日

　　いる。
37)「試毫」とは、「新年の書初め。試筆。」の意。

22首目　四丁裏　「又」　　　　　　　　　→延享五年一月一日

92首目　十七丁裏「戊辰三月致仕[38]後一日作」

　　　　　　　　　　　　　　　　　→延享五年三月十四日

94首目　十八丁表「戊辰初夏二日題龍田氏壁」

　　　　　　　　　　　　　　　　　→延享五年四月二日

95首目　十八丁表「又」　　　　　　→延享五年四月二日

96首目　十八丁表「又」　　　　　　→延享五年四月二日

　また、成立時期を考える上で、以酊庵僧が手がかりになることは前項で述べたとおりである。芳洲詩集には詩題に「洪崖和尚」という翠巌承堅の号が含まれる例が七例ある。下記にそれを示す。

21首目　四丁裏　「奉次洪崖和尚戊辰元旦韻」

22首目　四丁裏　「又」

36首目　七丁裏　「次奉洪崖和尚見示韻」

37首目　七丁裏　「又」

38首目　七丁裏　「又」

67首目　十三丁表「次洪崖和尚韻」

89首目　十七丁表「次洪崖和尚留別韻」

　「洪崖和尚」、つまり翠巌承堅は二度にわたって対馬に赴任しているが、1回目の赴任期間は延享三年三月から延享五年七月まで、

---

38)「致仕」とは、「仕官をやめて隠居すること」であるが、芳洲は延享五年三月十三日に隠居を許されている。『雨森芳洲関係資料調査報告書』「年譜」参照。

2回目は宝暦四年十一月から宝暦六年六月までであった。

21首目と22首目は「戊辰」が含まれた詩題の例と同一であるので、翠巌承堅一回目の輪番期間が終る延享五年の作である。89首目は、「留別」とあることから、翠巌承堅への惜別の作であると推測できる。内容からみても結句に「不勝牽袂涙紛々(袂を牽きて涙紛々たるに勝たず)」と惜別の悲しみを詠んでいるので、翠巌承堅が京都に帰ることを詠んだものと考えられる。そうすると、1回目・2回目いずれの輪番期間のものかが問題となるが、2回目の輪番期間の2年目に当る宝暦五年に芳洲は88歳で没しているので、翠巌承堅との「留別」は一回目の任期のことでしかありえない。よって、89首目は延享五年の成立と考えられるだろう。36〜38首目も、38首目の内容から、同様に延享五年の作と推測できる。すなわち、38首目の起句に「三載淹留盟不寒(三載の淹留　盟　寒からず)」とあり[39]、滞在すること三年という事実が詠まれているのである。よってこれも、1回目の輪番期間の三年目にあたる延享五年の作と考えてよいだろう。67首目に関しては内容からは、何回目の輪番時なのか特定できないが、他の六例がいずれも延享五年の作と考えられるので、1回目の輪番時の作とみるのが自然ではないか。

他に、成立年が判明するものとしては、100首目の「訪隠者　庚午十二月初三作」がある。庚午年は、寛延三年(1750)83歳の年にあた

---

39) 38首目の全文と読み下しを下記に示す。
　「三載淹留盟不寒、幾回醉墨伴詩壇、帰期便在春之半、京洛名花定飽看」
　(三載淹留盟寒からず、幾回か醉墨詩壇に伴う、帰期便ち春の半に在り、京洛名花定めて飽きるまで看ん)

る。

　以上、成立年が判明する詩は、延享五年（1748、芳洲81歳）の作
が十二首、寛延三年（1750、芳洲83歳）の作が一首である。よって、
『雨森芳洲・鵬海詩集』のうち、芳洲詩集は、延享五年から寛延三
年にかけての作を中心に収めていると考えられるだろう。

八　その他の芳洲漢詩及びまとめ

　如上の他、芳洲の漢詩としては、『熙朝詩薈』（友野霞舟編、弘
化四年〈1847〉自序）所収の九四首がある。同集は、編者の友野霞
舟（1791～1849）が林復斎（大学頭）の命を受け、諸家に詩を広く
集めた書である。同集所収の芳洲の詩九十四首には、『停雲集』・
『木門十四家詩集』にも収録された「寄祇南海」および、『雨森芳
洲・鵬海詩集』所収のものと同じ作が九首含まれている。その他の
八十四首に関しては、編者がどこから入手しているか未詳である。
　その他の芳洲漢詩は、享保四年に来日した申維翰の『海遊録』に
収められている八首および、一枚物で現存している資料として『雨
森芳洲墨蹟展（改訂版）』所収の「松浦霞沼挽詩」「示嫡孫連」「寄贈
新井勘解由在西京」など九首がある。この他にも、芳洲の漢詩が現
存する可能性はあるが、稿者が確認できたのは、以上のとおりであ
る[40]。

40）芳洲文庫蔵の資料中に『芸窓詩稿』があるが、水田紀久氏は、『たはれ草』註に

　以上、本節では芳洲の漢詩を収めている資料を紹介し成立年代などを考察した。考察結果から推定される成立順に、資料を整理すると、次の通りである[41]。

　　　芳洲四十代　　　『木門十四家詩集』(安政三刊)二十六首
　　　　　　　　　　　『停雲集』(享保三刊)九首
　　　芳洲四十九歳　　『瀬戸内海航行詩』(写本)八首
　　　芳洲五十代　　　『雨森芳洲詩稿』(写本)八十六首
　　　芳洲五十二歳　　『海遊録』八首
　　　芳洲六十歳　　　『雨森芳洲同時代人詩文集』(写本、含「丁未詩
　　　　　　　　　　　稿」)五十六首
　　　芳洲七十代　　　『雨森芳洲詩集抄』(写本)百六首
　　　芳洲八十代初頭『雨森芳洲・鵬海詩集』(写本)「芳洲詩集」百一首

　新井白石編『停雲集』に関しては、四十歳時(宝永四年〈1707〉)のものと推測される詩題と、刊年(享保三年〈1718〉)が手がかりとなる。芳洲が四十九歳の時(享保元年〈1716〉)、白石に添削を依頼した漢詩数十首のうちの一部を収めたものではないかと想像される。

おいて同詩集が芳洲の詩を収録したものである可能性に言及している。氏は、『たはれ草』中の「芸窓筆記」に関して、以下のように指摘する。「著者の著述か。雨森芳洲文庫蔵芳洲先生文抄・一所収の摂位論の前半と殆ど同文。(中略)文庫には芸窓詩稿と題した写本もある。」(『仁斎日札 たはれ草 不盡言 無可有郷』新日本古典文学大系99、岩波書店、2000年)。水田氏の指摘により、『芸窓詩稿』も芳洲の詩集である可能性も考えられるが、同写本の内容からは、芳洲の作と認められる情報を得られないため、本稿では取り上げない。
41)　一枚物については、省略する。なお、管見に入った漢詩の詩題目録を資料編として論文末尾に附しているので、参照されたい。

　同じく白石編の『木門十四家詩集』は『停雲集』の九首を重複して収めており、白石の手書きが元となって刊行されたものである。よって、所収漢詩は、『停雲集』と同じ時期に成立したものであると考えられる。

　『瀬戸内海航行詩』については、同じ漢詩を収める『雨森鵬海詩抄』（写本）に白石の批点と後語が附されており、後語の末尾に「正徳甲午」と明記されているので、正徳四年成立ということが『雨森芳洲関係資料調査報告書』によってすでに指摘されている。

　『雨森芳洲詩稿』に関しては、「百年過半」「五十老叟」「五十三年一夢中」などの詩句から、それらが五十歳代前半の作と推定される。

　『雨森芳洲同時代人詩文集』所収「丁未詩稿」は、内題から六十歳の詩集であると判断される。『雨森芳洲関係資料調査報告書』においても六十歳作と認定されている。ただ、前半の「諸先生幷芳洲詩文集」所収の九首は、詩題や内容からも成立時期に関わる情報が見出せず、保留とせざるをえない。

　『雨森芳洲詩集抄』については「乙丑（云々）」（芳洲78歳）という詩題や「述懐」詩の末尾の「芳洲七十八歳作」という注記、および以酊庵僧の人物名が手がかりとなる。以酊庵僧に関して言えば、第六十代雲崖道岱の輪番時から、第六十四代翠巌承堅の輪番期間中の作を収めていると推定される。

　『雨森芳洲・鵬海詩集』は「戊辰（云々）」「庚午（云々）」という詩題や、翠巌承堅の任期が終るころの作と推測される漢詩を収めていることから、81歳から83歳―すなわち八十代初頭の作を中心に収

録していると推定される。

　最後に、芳洲がどれほどの詩稿を成していたかについて参考になる漢詩が『雨森芳洲詩集抄』(九丁表)にあるので紹介する。

　　　　有人間子亦有詩集耶因答人有りて問ふ　子も亦た詩集有りや
　　　　　　　　　　　　　　　　と、因りて答ふ。
　　　吾家詩稿積成堆　　　　吾が家の詩稿　積みて堆を成す
　　　塵區一投曽不開　　　　塵區　一たび投じて曽て開かず
　　　譬如醜女對明鏡　　　　譬へば醜女の明鏡に対するが如し
　　　冷汗遍身眉黛摧　　　　冷汗　身に遍ふして　眉黛摧く

　上記は、ある人の「詩集があるか」という問いに対して漢詩をもって答えた作であるが、「吾が家の詩稿　積みて堆を成す」とあることから、かなりの量の詩稿があったと推定される。芳洲は最晩年に和歌の修行をはじめて『古今和歌集』を千遍読み、一万首以上の歌を詠んでいる。そこから類推すれば、漢詩作を精力的に続け、多くの詩稿をのこしたということは容易に想像できる。ただ、「詩稿　積みて堆を成す」という表現に比べれば、現存する詩集は少ないほうであるが、そのような残存状況は、おそらく「醜女の明鏡に対する」ことに譬えるほど自身の詩作を低く評価した芳洲が、自身の詩集を大事にしなかった結果であろう。

第二節
『雨森芳洲・鵬海詩集』諸本の考察

はじめに

　滋賀県高月観音の里歴史民俗資料館には、雨森芳洲関係資料が凡そ254点[1]所蔵されており、『雨森芳洲関係資料調査報告書』（滋賀県教育委員会編集）にその目録や書誌情報が整理されている。資料の中には、芳洲の漢詩を収めた資料も散見する。稿者の調査によると、芳洲の漢詩を収めた資料は、下記の通りである。

　　『雨森芳洲同時代人詩文集』（写本）　※芳洲の詩五十六首収録

　　『雨森芳洲詩稿』（写本）　　　　　　　　八十六首

　　『瀬戸内海航行詩』（写本）　　　　　　　八首

---

1) 滋賀県教育委員会編『雨森芳洲関係資料調査報告書』（高月町立観音の里歴史民俗資料館、1994年）による。うち、芳洲文庫の資料が247点、その他寄贈及び購入された資料が7点である。

| 『雨森芳洲詩集抄』（写本） | 百六首 |
| 『雨森芳洲・鵬海詩集』（写本） | 百一首 |

　芳洲の漢詩に関する研究は、中村幸彦氏の「風雅論的文学観」（『中村幸彦著述集1』中央公論社、1982年）で芳洲の漢詩観が検討された以外には、ほとんどその例をみない。さらに、芳洲の漢詩集に関しては、ほとんど顧みられていないと言ってよい。芳洲の漢詩が取り上げられない理由としては、たとえば、『日本詩史』（明和八年刊）[2]に「芳洲文に長じて詩に長ぜず」とあるように、漢詩人として低い評価を与えられてきたことがその一因であるかと思う。しかし、彼が漢詩に多大な努力をかけた人物であることは、『雨森芳洲詩集抄』所収の詩の「吾家詩稿積成堆（吾が家の詩稿　積みて堆を成す）」（九丁表）という詩句からも推察できる。

　とすると、芳洲の漢詩を研究することは、芳洲の全体像を理解するにあたって不可欠なことであろう。また、芳洲の漢詩は、彼の交友関係を明かす上でも資するところがあり[3]、この点からも、芳洲漢詩集の検討は必要な作業であると考える。

　本節では、芳洲文庫所収の芳洲漢詩集のうち、『雨森芳洲・鵬海詩集』を考察する。同集は、芳洲文庫本のほかにも、関西大学附属

---

2) 『日本詩史 五山堂詩話』新日本古典文学大系65、岩波書店、1991年
3) たとえば、『雨森芳洲・鵬海詩集』には、「次洪崖和尚留別韻」など、2回にわたって以酊庵に赴任していた天竜寺二十七世翠巌承堅との交流をうかがわせる漢詩が七首存する。『雨森芳洲詩集抄』にも、詩題から以酊庵僧侶との交流をうかがわせる漢詩が十一首存する。これらは、晩年の芳洲と以酊庵僧侶との交流および彼らへの敬意を示す資料になると考えるが、別の論考で詳述したい。

図書館・筑波大学附属図書館にそれぞれ異本が存する。三本とも
に写本で、芳洲の自筆ではない上に、字句や収録詩数において異同
があり問題を含んでいる。よって、比較考察をとおして、より善本
に近い写本を選定することをその目的とする。

一　書誌情報

　稿者が確認し得た『雨森芳洲・鵬海詩集』の写本は、雨森芳洲文
庫本（以下、芳洲文庫本と略す）、筑波大学附属図書館所蔵本（以
下、筑波大本と略す）、関西大学附属図書館所蔵本（以下、関大本
と略す）の三本である。
　まず、三本の書誌を示すこととする。芳洲文庫本の書誌情報は以
下のようである。

　　所蔵：滋賀県高月観音の里歴史民俗資料館（雨森芳洲文庫、芳
　　　　　洲会所有）
　　資料番号：25
　　刊写：写本
　　巻冊：二冊合綴
　　寸法：23.7×19.8Cm
　　表紙：茶色。右下に「雨森」「橘氏／清壽」との墨筆あり。
　　構成：墨付き一丁表から十九丁表までは芳洲の詩百一首を収め
　　　　　る。二十三丁表から四十三丁表までは鵬海の詩百二十六

首を収める。

備考：芳洲詩集と鵬海詩集は別筆[4]。

一丁表の右上に朱印あり。

二十七丁裏〜二十八丁表にかけての詩一首に抹消記号（×
表示）あり。

三十四丁表には、詩の一部の2行を塗り消している。その
他、鵬海詩集において字を修正した痕跡が所々確認でき
る。

筑波大本の書誌情報は、以下の通りである。

所蔵：筑波大学附属図書館

資料番号：ル295-24　（十七冊のうち第十七冊）

刊写：写本

巻冊：一冊

寸法：24.0×16.4 Cm

表紙：「芳洲／鵬海　両人詩集」

内題：芳洲詩集（一丁表）・鵬海詩集（二十丁表）

構成：一丁表から十九丁裏まで芳洲の詩百一首を収める。

二十丁表から四十三丁表まで鵬海の詩百二十三首を収め
る。

備考：芳洲詩集・鵬海詩集同筆。

---

4)『雨森芳洲関係資料調査報告書』の書誌では、鵬海詩集を「雨森鵬海筆」として
いる。

関大本の書誌情報は、以下の通りである。

所蔵：関西大学附属図書館　（中村幸彦文庫）

請求記号：L24**1-284

刊写：写本

巻冊：一冊

寸法：24.2×16.9㎝

表紙：後補表紙。題箋あるも、無題。黄色。

内題：芳洲先生詩集（一丁表）・鵬海先生詩集（十二丁表）

構成：遊紙一丁

　　　墨付き一丁表から十丁裏まで芳洲の詩八十一首を収める。

　　　十一丁（新補）表に「鵬海先生詩集」（本文同筆）とあり、

　　　十二丁表から二十丁裏まで鵬海の詩四十首を収める。

　　　第十六丁は、新補白紙。

備考：芳洲詩集・鵬海詩集同筆。

　　　一丁表・内題「芳洲先生詩集」の上に朱印あり。(越)

二　諸本の相違

1）詩数・配列に関する相違

便宜上、「芳洲詩集」部分のみを比べると、詩数・配列に関して芳洲文庫本と筑波大本が一致するのに対して、関大本は詩数・配列

ともに異なることが確認できる[5]。各本の詩題に詩番号を附し、芳洲文庫本・筑波大本の配列を基準に整理したのが、巻末資料（7）―①（p.191）である。

巻末資料（7）―①から分かるように、芳洲文庫本と筑波大本は所収詩数が同じ百一首であり、その配列に関しても全同である。しかし、関大本は所収詩数が八十一首にとどまり、その配列も前二者と異なる。所収詩に関しては、芳洲文庫本・筑波大本が関大本にない二十首を収めており、関大本にあって芳洲文庫本・筑波大本にないものは確認できないので、関大本の書写者は、芳洲文庫本・筑波大本の類の写本をもとにして八十一首の漢詩を選定したものと思われる。その際、配列に関しても変更を加えたものと考えられる。

巻末資料（7）―②（p.195）は、芳洲文庫本・筑波大本・関大本の詩題を、関大本の配列を基準に整理したものである。表右側の詩体に注目すると、関大本が、七言律詩→五言律詩→七言絶句→五言絶句というように、おおむね詩体別に分類されていることがわかる。つまり、関大本の書写者は、芳洲文庫本類の写本を写す際に、詩体別に詩を選定して写していったと考えられるのである。ただ、選出されなかった二十首に関しては、どのような基準や意図があるものか未詳とせざるを得ない。

---

5)「鵬海詩集」の詩数に関しては、芳洲文庫本が百二十六首、筑波大本が百二十三首、関大本が四十首である。「鵬海詩集」の配列に関しては、芳洲文庫本と筑波大本が一致し、関大本は異なる。

2)内容(字句)に関する相違

漢詩の内容(字句)に関する相違は四ヶ所確認できた[6]。

〈芳洲文庫本〉十一丁表・56　　〈筑波大本〉十一丁表・56　　〈関大本〉十丁表・74
(収録箇所・配列順番)

《転句》

芳洲文庫本	起居難似此	●○○●●
筑波大本	起居難似此	●○○●●
関大本	起居難若此	●○○●○ （平は○、仄は●）

　上記は「偶作」という題の五言絶句である。第一・第二・第四句
においては相違が見られないが、第三句(転句)の四字目において、

___

6) 字体の相違は除く。異同がある箇所には網掛けを施した。

芳洲文庫本・筑波大本の「似」が、関大本では「若」になっていることが確認できる。しかし、「起居難きこと此くのごとし」という読み下し、および、意味に、違いはないので、正誤を判断する材料とはならない。

〈芳洲文庫本〉五丁裏・26　　〈筑波大本〉五丁裏・26　　〈関大本〉五丁表・32

《起句》

| 三本共通 | 金環玉轡駐高輪 | ○○●●●○○ |

《承句》

芳洲文庫本	兒女爭爾説桑賓	○●○●●○○
筑波大本	兒女爭邀引雅賓	○●○○●●○
関大本	兒女爭邀引雅賓	○●○○●●○

　上記は、「客至」という題の五言絶句三首中の二首目である。第

一・第三・第四句は三本相違がないが、第二句（承句）において相違
が見られる。すなわち、四〜六字目が、芳洲文庫本においては「爾
説桑」であるが、筑波大本と関大本では「邀引雅」になっているので
ある。筑波大本と関大本の承句は、「兒女　爭か　邀へて　雅賓を
引く」と読み下すことができるが、芳洲文庫本の場合、「爾」「桑賓」
の語が解しがたく、意味が通じない。平仄を比較すると、筑波大本
と関大本の場合、二四不同二六対の原則に則っており、起句の二・
四・六字目に対しても正しく平仄を逆にしていることが確認でき
るが、芳洲文庫本の場合、二字目と四字目が同じく仄声であり、か
つ、六字目は二字目と違い平声になっているので、二四不同の原則
からも二六対の原則からも外れていることがわかる。よって、「客
至」二首目の場合、芳洲文庫本の書写が間違っていると考えられる
のである。

　〈芳洲文庫本〉六丁表・30　　〈筑波大本〉六丁表・30　　〈関大本〉二丁表・9

《第四句》

芳洲文庫本	暫筠簾簾鳥近レ人	●○○○●●○
筑波大本	暫捲筠簾鳥近人	●●○○○●○
関大本	暫□筠簾鳥近レ人	●?○○●●○

　上記は「山居」という題の七言律詩である。芳洲は、寛延元年三月（81歳）隠居を許され、現在の対馬市厳原町にある長寿院の側に「山居」し、余生を過ごしたと伝えられる。よって、この作品は晩年になってようやく公務から離れ、悠々自適の生活を楽しむ感懐を詠んだものと推定される。異同を見ると、第四句の二～四字目が、芳洲文庫本においては「筠簾簾」、筑波大本においては「捲筠簾」になっていることが確認できる。筠は「竹のかわ」の意味であるから、動詞として捉えている芳洲文庫本は語句として理解しがたく、すだれという意味の簾が二字つづいている点も不自然である。それに対して、筑波大本は「暫捲＝筠－簾‐鳥近レ人」と読むことができ、理にかなっていると考えられる。平仄を比較すると、筑波大本では、二字目・四字目・六字目がそれぞれ仄声→平声→仄声になっているので、二四不同二六対の原則に則っているが、芳洲文庫本では、二字目が平声になるため、二四不同の原則からも二六対の原則からも外れていることがわかる。よって、この場合も、明らかに芳洲文庫本の書写が間違っていると推測されるのである。なお、関大本は、三・四字目が「筠簾」で筑波大本と一致しており、二字目は不鮮明であるが、残画から「捲」字と判断されるので、筑波大本と関大本の字句は一致していると判断した。

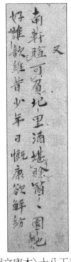  

〈芳洲文庫本〉十八丁表・95 〈筑波大本〉十八丁表・95 〈関大本〉十丁裏・79

芳洲文庫本	筑波大本	関大本
南軒暄可負	南軒暄可負	南軒暄可負
北里酒堪賒	北里酒堪賒	北里酒堪賒
箇々園池好	箇々園池好	箇々園池好
誰歃維昔少年日	誰昔少年日	誰歃老習家
慨康欲解紛	慨康欲解紛	

　上記は、「戊辰初夏二日題＝龍田氏壁＝三首」のうち第二首であ
る。この作品の場合、第四句以下に相違が生じているが、特に字句
の数が異なる点が注目される。二三字程度の字句の相違が確認さ
れるのみであった先の例にくらべると、その違いは甚だしいと言わ
ねばならない。関大本の場合、五言の句が四句並んでおり、五言絶
句になっているが、芳洲文庫本・筑波大本は五言の五句であり、

特に芳洲文庫本の場合は第四句のみが七言になっているなど不自
然な点がある。さらに、韻を比較すると関大本の場合、第二句と第
四句の「賒」と「家」が同じく「麻」韻であるので、押韻が確認できる
が、芳洲文庫本・筑波大本は、「賒」と「日」の韻が整っておらず、あ
きらかに芳洲文庫本・筑波大本が間違っていることがわかる。そ
してそのような誤りが生じた原因は、直後に配される詩を見ると明
白になる。

〈芳洲文庫本〉十八丁表・96　　〈筑波大本〉十八丁裏・96　　〈関大本〉十丁裏・80

又（戊-辰初-夏二-日題二龍-田-氏壁一三首）

惟昔少年日	惟れ　昔　少年の日
慨慷欲解紛	慨慷として紛を解かんと欲す
今朝林下老	今朝　林下に老いる
世事等浮雲	世事　浮雲に等し

　上記は、「戊-辰初-夏二-日題゠龍-田-氏壁゠三首」のうち第三首であるが、網掛けで表示した起句と承句が、芳洲文庫本・筑波大本の同題第二首第四・第五句と重複していることが確認できる。ほぼ同じ2句を、同題一連の作品で併用するということは考え難く、第三首は異同がない上に、韻が「紛」と「雲」で押韻されているので、芳洲文庫本・筑波大本の第二首は、第三首の起承句が末尾に混入したものと推定されるのである。

まとめ

　以上、『雨森芳洲・鵬海詩集』のうち、「芳洲詩集」を中心に、芳洲文庫本・筑波大本・関大本の構成や内容を比較し、その相違点について考察した。調査結果を表に示すと、以下のとおりである[7]。

	構　成		語　句			
	詩数	並び順	26首目	30首目	56首目	95首目
芳洲文庫本	101首 ↕ 一致	↕ 一致	字句の誤りあり)	字句の誤りあり)	↕ 一致	96首目の冒頭部誤入) ↕ 一致
筑波大本	101首		↕ 一致	↕ 一致		
関大本	81首	詩体別)				

---

7) 詩番号は、芳洲文庫本・筑波大本を基準にしたものである。

　関大本は原「芳洲詩集」から八十一首を選び、詩体別に配列し直した本であるということが判明した。これに対し、芳洲文庫本・筑波大本は構成上、特に詩数において原態を保っていると推測されるが、字句に関しては、明らかな誤りが、芳洲文庫本に三箇所、筑波大本に一箇所確認できた。これに関しては、書写時の誤りか、親本の段階ですでに誤りがあったのかの二通りの可能性が考えられる。それにくらべると、関大本は作品数こそ少ないものの、親本をより正確に写しているように見受けられる。

　由緒から、最も信頼性が高いと予想される芳洲文庫本に誤りが多く見られた点は留意すべきであろう。以上の考察結果から、『雨森芳洲・鵬海詩集』研究の際には、筑波大本の誤りを関大本により修正しつつ、テキストの分析に当るのが最良であると考えられる。

第三節
雨森芳洲の漢詩観
―『橘窓茶話』を中心に―

はじめに

　雨森芳洲の『橘窓茶話』には、様々なテーマに関する芳洲の見識が披露されているが、漢詩についても触れられている。同書に記された漢詩観について考察することは、芳洲についての理解を深めることに資するのみならず、近世漢詩史への一視点を提供する可能性を持つ点において、有意義であると考えられる。

　芳洲の詩文に関する先行研究としては、中村幸彦「風雅論的文学観」（『中村幸彦著述集1』中央公論社、1928年）、上野日出刀「雨森芳洲について（二）」（『活水論文集日本文学科編』29、1986年3月）、丹羽博之「雨森芳洲『橘窓茶話』に見える杜甫・白楽天」（『大手前大学人文科学部論集』7、2007年3月）がある。中村論文は、『芳洲口授』『橘窓茶話』の言説から、芳洲が、「情が自然に流出すること」を詩歌の本質とする点、かつ、文学において道徳を重要視する点を

指摘している。しかし、『橘窓茶話』には、唐詩・宋詩・明詩の評価
など、中村氏の指摘の及ばない詩論も含まれており、考察の余地が
残っている。上野論文は、「詩文について」という章を設け、『橘窓
茶話』『たはれ草』などから詩に関する記述を挙げているが、断片的
な紹介にとどまり、引用箇所の分析まではなされていない。丹羽論
文は、『橘窓茶話』に見える芳洲九歳時の詩を杜甫・白楽天の詩と
比較したものであるが、芳洲の詩観の分析には至っていない。

　以上の状況をふまえ、本稿では、『橘窓茶話』中の詩文に関する記
述について[1]、近世漢詩の流れを視野に入れながら、考察する。

一　宋詩・明詩への言及と技巧主義・模倣主義への批判

　芳洲の漢詩に関する言説の中には、唐詩を模範とし、宋詩・明詩
を批判するものが多く見られる。

　　凡詩晩唐以下無詩。以其用工於小処故也。至于宋末率皆匠意琢
　　句而成者、其弊殊甚。近観詩人玉屑、其評宋詩称為精絶者固為不
　　少、求其金華殿中語未見一句。譬如我国和歌変為俳諧。惟未曾雑

---

1) テキストは、水田紀久『雨森芳洲全書2 芳洲文集』（関西大学出版部、1980年）
　所収の雨森芳洲文庫蔵『橘窓茶話』（写本）を使用する。同写本に関して水田氏
　は、「（書写者は：稿者注）芳洲の孫松浦桂川と認められ、編者筆録本が見出せ
　ぬ現在、もっとも信頼のおけるテキストである」とし、刊本より芳洲の原著に近い
　と認めている。

以卑俚汚穢語耳。蓋唐則李杜為之宗。而末流汎濫于晩唐。宋則蘇黄為之主。而余派委靡于晩宋。譬如聖門之学分而為諸子百家。此亦難免之勢也。

（凡そ詩は晩唐以下に詩無し。其の工を小処に用いるを以ての故なり。宋末に至りて率ね皆な意を匠し、句を琢して成る者、其の弊、殊に甚し。近ごろ、『詩人王屑』を観るに、其の宋詩を評するに、称して精絶と為す者、固より少なからずと為せども、其の金華殿中の語を求むれば、未だ一句を見ず。譬へば我が国の和歌変じて俳諧と為るが如し。惟だ、未だ曾て卑俚汚穢の語を以て雑れざるのみ。蓋し、唐は則ち、李杜、之を宗と為す。而れども末流、晩唐に汎濫す。宋は則ち蘇黄、之を主と為す。而れども余派、晩宋に委靡す。譬へば、聖門の学の分れて、諸子百家と為るが如し。此れ亦た免れ難きの勢なり。）

(『橘窓茶話』下)

上記の引用箇所で芳洲は「晩唐以下は詩（と言えるもの）が無い」とした上で、宋詩についての見解を述べている。参照されている宋代の詩論書『詩人玉屑』の該当部分を示す。

中興以来、詩人絶句、載於江湖集者、未論。此外、如

黄白石　梨嶺遇雨

黒風吹雨又黄昏　雞犬数声何処村　身在嶺雲飛処湿　不関別涙濺成痕

（中略）

厳滄浪　酬友人詩

　　湘江南去少人行　瘴雨蛮煙白草生　誰念梁園旧詞客　桄榔樹下
　独聞鶯
　　此数詩、雖体製不同。然匠意琢句、皆精絶、非苟作者。
　　　　　　　　　　　　　　（『詩人玉屑』巻十九「諸賢絶句」）[2]

　『詩人玉屑』は、「中興以来の詩人の絶句」つまり宋代の詩人八名
の絶句九首を挙げた上で、「此の数詩、体製同じからずと雖も、然れ
ども匠意琢句皆な精絶。苟めに作れる者にあらず」と肯定的に評価
している。芳洲は、宋詩の内に「精絶」と称されるものが少なからず
あるという『詩人玉屑』の評価に言及して、金華殿中の語──つまり、
『論語』『尚書』のように広く模範とされる詩句──は一句たりともな
い、として宋詩の限界を指摘している。宋詩の弊については、「宋
末に至りて率ね皆な意を匠し、句を琢して成る者、其の弊、殊に甚
し。」と述べているが、ここで用いられた「匠意琢句」は上記の『詩人
玉屑』の引用部に見える語である。『詩人玉屑』において肯定的な
意味で使われたこの言葉を、芳洲は宋末の詩の弊害を表す語として
捉えていたのである。

　　凡詩出於天才者藹然有自然之意。読之令人心爽神怡躍々然不能
　自已。若夫安排摸擬而後得者、雖云巧妙終久厭倦令人思睡。故予
　晩年案頭所置、以陶淵明為首、李杜為第二、韓白為第三、蘇東坡為
　二之下三之上、優游吟咏於其間、不知身之過耄且耋一旦瑞鶴祥鸞

---

2)『詩人玉屑』（和刻本・寛永十六年刊）巻十九　二十二丁裏～二十三丁表（『和
　刻本漢籍随筆集』第十七集、汲古書院、1977年）

幢幡笙簫之従空而来迎也。若夫明人之詩譬如嬌妾妖姫素無天然
之妙姿掩映修飾希求嫵媚。非我所好也。宋明人皆学盛唐然意想差
矣。

（凡そ詩の天才より出づる者は藹然として自然の意有り。之を読
めば、人をして心爽に神怡び躍々然として、自から已むこと能はざ
らしむ。若し夫れ安排摸擬して後に得る者は巧妙なりと云えども、終
久には厭倦し人をして睡を思はしむ。故に予、晩年案頭に置く所、
陶淵明を以て首と為し、李杜を第二と為し、韓白を第三と為し、蘇
東坡を二之下三之上と為し、其の間に優游吟咏し、身の耄を過ぎて
且に耋ならんとして、一旦瑞鶴祥鸞幢幡笙簫の空より来たりて迎え
るを知らざるなり。夫の明人の詩の若きは、譬えば、嬌妾妖姫の素り
天然の妙姿無くして掩映修飾して嫵媚を希求するが如し。我が好
む所にあらざるなり。宋明の人、皆な盛唐から学ぶ。然れども、意想
差へり。）

(『橘窓茶話』下)

　上記の引用箇所において、芳洲は、明詩について「嬌妾妖姫、素り
天然の妙姿無くして掩映修飾して」と譬えているが、これは前半部
の「安排摸擬して後に得る者」と関連する。すなわち天然の妙姿が
ない嬌妾妖姫が厚い化粧と華やかな飾りをつけてみめよい姿態を
求めるように、優れた詩文を模擬して詩語を按排する作詩法を批判
しているのである。芳洲は、李夢陽が主張し、後に李攀龍・王世貞
らが発展させた明の古文辞派の模倣の詩作法を念頭に置いていた
と考えられる。

　或問、学者何書当読。曰、子欲為掌故文学耶。四書五経小学近
思録左国史漢通鑑李杜詩集韓蘇文集、其他、蒙求書言故事事類捷
録成語考、平生把玩、如此足矣。如朱明王李等家集、読也可、不読
也可。又従而言曰、不如不読。其意儻或以二足無毛、為未足、必欲
以成真人耶。只看論語便終身有餘。広求道徳君子、専心致志。何
必剪々然、惟古紙之是鑽乎。

　（或るひと問ふ、「学者、何れの書をか当に読むべき。」曰く、「子、掌
故文学に為(な)らんと欲するか。四書・五経・小学・近思録・左・国・
史・漢・通鑑・李杜詩集・韓蘇文集、其の他、蒙求・書言故事・事
類捷録・成語考、平生の把玩は此くの如くして足れり。朱明の王・
李等の家集の如きは、読むも可なり読まざるも可なり。」又、従ひて
言ひて曰く、「読まざるに如かず。其の意、儻或(あるい)は二足無毛を以て未
だ足らずと為し、必ず以て真人と成ることを欲するか。只だ論語を
看れば、便ち身を終るまで餘有り。広く道徳の君子を求め、心を専
らにし志を致す。何ぞ必ずしも剪々然として惟だ古紙のみ之を是れ
鑽せんや。」）

（『橘窓茶話』上）

　上記の引用文で芳洲は、ある人から学を志す者が読むべき書籍
を聞かれて答える中で、「明朝の王世貞・李攀龍の家集のようなも
のは、読んでも可、読まなくても可である」とやや否定的に捉えて
おり、続けて「読まないほうがよりよい」とも述べている。読まなく
てよい書籍として、わざわざ「王・李の家集」に言及する背後には、
王・李の書がすでにかなり流布していた状況があったかと考えられ
る。またこの言説から、芳洲が王世貞・李攀龍に対して好ましい感

情を持っていなかったことも理解される。

　明の古文辞派の思想は、日本にも少なからぬ影響を及ぼすが、率先して古文辞派の思想を取り入れたのが、荻生徂徠であったことは言うまでもない。徂徠は、詩作の方法においても古文辞派の方法を取り入れ模倣を重視したが、そのことは、たとえば徂徠門下の服部南郭が諏訪忠林に宛てた次の書簡からも看取される。

　　昔有人自患詩格不覚堕卑者。物子教之、以依調構思得辞作篇。先闇熟盛唐諸名家合作句調、而後習此事爾。不必先立意、一唯求似古人。此亦一道也。物子云。今君侯所病、亦惟如是救薬如何。
　　（昔、人に自ら詩格を患ひ卑きに堕るを覚えざる者有り。物子（康注、荻生徂徠）之に教ふるに、調に依って思を構へ、辞を得て篇を作すことを以てす。先づ盛唐諸名家の合作の句調を闇熟して、而して後此の事に習ふのみ。必ずしも先づ意を立てず、一に唯だ古人に似ることを求む。此れ亦た一道なり。物子云へり。今、君侯の病む所も、亦た惟だ是の如くして救薬せば如何。）
　　　　　　　　　（「答鷲湖侯」〈『南郭先生文集四編』巻十〉）[3]

　上記に「盛唐諸名家の合作の句調を闇熟して……古人に似ることを求む」とあるが、このような模擬・模倣の詩作こそが、芳洲が「嬌妾妖姫素り天然の妙姿無くして掩映修飾する」と述べて批判した詩の作り方であっただろう。

　芳洲の明詩批判が、中国の古文辞派への批判にとどまるものな

3）『詩集日本漢詩』第四巻（汲古書院、1985年）pp.406〜407

のか、同時代の荻生徂徠[4]やその一門をも念頭に置いたものなのか、明確には分からないが、次の大典宛書簡に見える、芳洲の徂徠への評価が一つの手がかりになる。

　　徂徠末流之文字ハ御好不被成候よし御尤ニ存候、徂徠ハ元来文才有之人にて、蘐園随筆など被書候までハ学問も正しく文章も平易ニよく聞へ申候処、晩年になり候てハ文章も奇怪に見識もいなものニなり被申候、去ながら其文字廃棄しがたく候、末流の文字ハ其中勝れたるも可有之候得共、大形ハ不成句読も可有之哉と存候

　　　　　　　　　　　　　　　　　（大典禅師宛芳洲書翰）[5]

　上記に「徂徠は元来文才がある人で、『蘐園随筆』など書く頃までは学問も正しかった」とある。『蘐園随筆』は正徳四年（1714）に刊行されたものであり、同年の末に芳洲は江戸で徂徠に面会し、長男鵬海を入門させているが、翌年春、芳洲は、入門わずか三ヶ月の鵬海を徂徠門から引き取っている。「蘐園随筆など被書候までハ学問も正しく」と、明確に区切りをつけていることから、芳洲は、正徳四年の会談や、徂徠門下で学習する鵬海に対する観察を通して、徂徠の学問が大きく変化していることを察知したのかも知れない。なお、当時の徂徠が王世貞・李攀龍の影響をすでに受けていたことは、鵬海が三ヶ月間の学習を終えて対馬へもどる際、徂徠が鵬海に

---

4) 荻生徂徠の生没年は、寛文六（1666）〜享保十三年（1728）、芳洲は、寛文八（1668）〜宝暦五年（1755）である。
5) 『芳洲外交関係資料・書翰集』p.335。同書において、寛延二年（1749）11月20日頃とされている。

与えた文章からも確認できる[6]。ともかく芳洲は、それ以降の徂徠
については、「晩年になっては文章も奇怪で、見識もいなものになっ
た」としている。「いなもの」とされている見識が具体的にどのよう
なものかまでは述べられていないが、おそらく徂徠が積極的に取り
入れ、また教授していった、古文辞派の思想や詩論と関係するもの
であろう。よって、芳洲の明詩批判は、中国の古文辞派と日本の徂
徠学派を念頭に置いてのものであったと考えられるのである。

　次の資料は、享保五年に刊行された『唐詩趣』に載っている芳洲
の序であるが、この文章からも摸擬の詩作を批判する内容が確認
できる。

　　唐則誠高矣。然世之学乎唐者、或求之詞語、或求之体格、或求之
　　調腔。譊々然嚼糟粕、韞弰狗、剽窃之、捊剥之。甘為換面之優戯、
　　詑為希世之禁臠。

　　（唐は則ち誠に高し。然れども世の唐を学ぶ者、或は之に詞語を求
　　め、或は之に体格を求め、或は之に調腔を求む。譊々然として糟粕
　　を嚼し、弰狗を韞し、之を剽窃し、之を捊剥す。甘んじて換面の優戯

---

6) 『徂徠集』（寛政三年刊）に次のようにある。
　「必也子其續明乎家先生之業、以辞命爲対府重耶、則莫詩若焉。將廓大乎家先
　生之道、以不朽為海内重耶、則亦莫詩若焉。孔子曰、不学詩無以言。（中略）余
　観於明王李之言、而後信夫孔子之弗吾欺焉。（必ずや、子、其の家先生の業を
　續明し、辞命を以て対府の重きを為さんか、則ち詩に若くはなきなり。将た家先
　生の道を廓大し、不朽を以て海内の重きを為さんか、則ち亦た詩に若くはなきな
　り。孔子曰く、詩を学ばざれば、以て言無し。〈中略〉余、明の王李の言を観、而
　る後に夫の孔子の吾を欺かざるを信ずるなり。）」（「送雨顕允序」〈『徂徠集』巻
　十〉。『近世儒家文集集成』〈ぺりかん社〉より引用。）

と為り、詫きて希世の禁臠と為す。)

（『唐詩趣』序〈亨保三年九月〉二丁表～三丁表）[7]

　ここでは、唐詩を学ぶ人の中で、「詩語」、「体格」、「調腔」を求める人が、批判の対象になっている。芳洲は、こうした人々に対して、「これは、浅はかなことで、糟を嚙むようなことであり、藁で作った犬をつつむようなことである」としている。そして、彼らの詩作を「剽窃」と断じ、また、「仮面を換える遊戯」と、本質は理解せずに型だけを真似することであると批判している。この批判もやはり、中国の古文辞派や徂徠学派など、日本における古文辞派の追随者たちに向けてのものであったと考えられる。

二　芳洲が理想とする漢詩の要件

　次に、芳洲が宋詩・明詩を批判する内容から、芳洲が理想とする詩の要件を考察する。

　　近世学宋詩者、務於齷齪用工終身言之、不過是眼前語竟無浩然之気象。学明詩者務於声律竭力、非不鏗鏘、却無膏粱之滋味。
　　（近世の宋詩を学ぶ者、齷齪と工を用ふることに務めて、終身之を言う。是れ眼前の語に過ず。竟に浩然の気象無し。明詩を学ぶ者は、務めて声律に於いて力を竭して、鏗鏘ならざるにあらず。却って

---

7)『唐詩趣』（亨保五年刊、小倉尚斎編）国立国会図書館所蔵本。

　膏粱の滋味無し。)

(『橘窓茶話』下)

　上記の引用では、「宋詩を学ぶ者」「明詩を学ぶ者」についての批
判が述べられているが、これらの批判は日本の文人たちに向けられ
たものであろう[8]。ここで注目したいのは、宋詩・明詩を学ぶ人の漢
詩への評価として用いられた「浩然の気象無し」「膏粱の滋味無し」
という表現である。芳洲が理想とする漢詩のあり方が、この表現に
表れていると考えられるからである。

　まず、「膏粱の滋味」については、『芳洲口授』に類似の用例が見出
せる。

　　或問文、曰、文之美者、一篇之内、名言畳出者為上。上下馳騁、
　　精采爛然者次之。而敷暢平易、令人易読者、又次之。若夫簡渋険
　　詭摸擬古文、実無滋味之可旨者、庸俗無用之文耳。人之於言語亦
　　然。文章者言語之精華者也。所謂滋味者何。道義是也。第精采敷
　　暢、由乎才。滋味者非学問深博、弸於中、而彪乎外者、不能也。

　　（或ひとの文を問へるに曰く、「文の美なるものは、一篇の内、名言
　　の畳出せるものを上と為す。上下の馳騁して、精采の爛然たるもの、
　　之に次ぐ。而して敷暢平易にして、人をして読みやすからしむるも
　　の、又た之に次ぐ。若し夫れ簡渋険詭にして古文を摸擬し、実に滋
　　味の旨ふべきものなきは、庸俗無用の文のみ。人の言語に於けるや、

---

8) なお、宋詩を学ぶ人への批判に「齷齪と工を用ふることに務めて」とあるが、『詩
　人玉屑』巻六にも「工を用ふること太過なるを忌む」という項目があるので、芳洲
　が『詩人玉屑』を念頭に置いていた可能性もあるだろう。

亦た然り。文章なるものは、言語の精華なるものなり。所謂、滋味な
るものは何ぞや。道義、是れなり。第だ精采・敷暢は才に由る。滋
味なるものは、学問の深博にして、中に弸ち、外に彪はるるものに非
ざれば、能はざるなり。」

（『芳洲口授』〈嘉永元年刊〉九丁表）⁹⁾）

　文について問う人に対して、芳洲は「若し夫れ簡渋険詭にして古
文に摸擬して、実に滋味の旨ふべき者なきは、庸俗無用の文のみ」
と答えている。かつ、「所謂、滋味なるものは何ぞや。道義、是れな
り」と、自身のいう「滋味」を説明している。

　「浩然の気」については芳洲自身の解釈は見出せないが、『孟子集
註』が参考になる。『孟子』本文の「敢問何謂浩然之気曰難言也。
（中略）其為気也配義与道。」に対して、朱子は「義者人心之裁制道
者天理之自然」と注している¹⁰⁾。朱子学を奉じた芳洲もこの解釈に
従っていただろう。とすれば、芳洲が漢詩において重要な要素とし
て捉えている「滋味」も「浩然の気」も「道義」という語に帰着する。
稿者は、この「道義」を「詩人の道徳的な性情」と捉えているが、それ
については次に詳しく述べる。

---

9) 京都大学附属図書館所蔵本による。
10) 早稲田大学所蔵『孟子集註』（寛政七年再校の後刷）による。

三 俗意をも掩飾せず表現する

七十九歳の芳洲が、自身が九歳の時に作った詩について述べた文章がある。

　余九歳時作詩曰、「寒到夜前雪、凍民安免愁、我儕猶可喜、穿得好衣遊」。非不好也。然念及凍民鮮有憫恤之意。似若安分而以好衣為言。其為器也小矣。嘗観杜少陵詩云、「安得広厦千万間、大庇天下寒士俱歓顔、吾廬独破受凍死亦足。」白楽天云、「百姓多寒無可救、一身独暖亦何情、争得大裘長万丈、与君都蓋洛陽城」。以予詩比之天壌間隔。夫天稟高下根於自然。吾一生所得止於如此。蓋有定于垂髫之時者。固不可得而掩飾也。本詩云、「寒到夜前雪、饑百姓何居、我等還有楽、著好衣物遊」。当時平仄不知亦無文字。七十九歳改作韵語以示子孫云。因作一絶曰、「児日新詩此日改、只看点鉄未成金、経年七十用工苦、可笑聡明絶古今」。

　（余九歳の時、詩を作りて曰く、「寒は到る夜前の雪、凍民安んぞ愁を免れん、我が儕猶ほ喜ぶべし、好衣を穿ち得て遊ぶを」と。好からざるにはあらざるなり。然れども、念、凍民に及ぶも憫恤の意有ること鮮し。分に安んずるが若くなるに似て而して好衣を以て言を為す。其の器たるや小なり。嘗て、杜少陵の詩を観るに云はく、「安んぞ広厦の千万間なるを得て、大に天下の寒士を庇ひて、俱に歓顔ならん、吾が廬、独り破れて凍死を受くるも亦た足れり」。白楽天云はく、「百姓多く寒ゆるも救ふべきこと無し、一身独り暖なるも亦た何の情ぞ、争でか大裘長さ万丈なるを得て、君がために都て洛陽城を蓋ん」。予が詩を以て之を比れば天壌間隔す。夫れ、天稟の高下

自然に根す。吾れ一生の得る所、此の如きに止る。蓋し垂髫の時に
定る者有り。固より得て掩飾すべからざるなり。本の詩に云はく、
「寒は到る夜前の雪、饑百姓何づくにか居らん、我等は還た楽有り、
好き衣物を著て遊ぶ」。当時平仄知らず。亦た文字無し。七十九歳
改めて韻語を作して以て子孫に示すと云ふ。因りて一絶を作して曰
く、「児日の新詩此の日改む、只だ看る鉄を点して未だ金を成さず、
年を経ること七十工を用ふるに苦しむ、笑ふべし聡明古今に絶す」
と。)

（『橘窓茶話』下）

この文章について、丹羽博之氏の「雨森芳洲『橘窓茶話』に見える
杜甫・白楽天」に言及がある。

次に、芳洲の漢詩を見ていく。九歳の時の作は、
寒到夜前雪　寒は到る　夜前の雪
凍民安免愁　凍民　安くんぞ愁ひを免がれん
我儕猶可喜　我が儕　猶ほ喜ぶべし
穿得好衣遊　好衣を穿ち得て遊ぶを
というもので、七十九歳になった芳洲は、「好からざるに非らざれ
ど、凍民に思いが及ばず、憫佃の意少なく分に安んじているようで好
い着物を吹聴しており、器が小さい」と幼少期の作を回顧している。
九歳の子どもに凍民の生活まで忖度させるのは酷な気もするが、芳
洲の人柄が窺える。詩は、愁・遊（共に下平声十一尤韻）と韻を踏ん
ではいるが、「平仄不知」と自ら述べる如く、平仄は整っていない。
七十年後の作は、

　寒到夜前雪　寒は到る　夜前の雪

　饑百姓何居　饑ゑたる百姓　何にとして居ん

　我等還有楽　我等は　還た楽しみ有り

　著好衣物遊　好き衣物を著け遊ぶ

　というもので、承句で飢えたる民に思いをいたしており、杜甫・白楽天の詩に近づいている。寒気と衣服を詠む点において白詩に近いと言えよう。但し、これは前詩の承句「愁」を「居」に換えたため、韻も平仄も整っていない。

　丹羽氏は、前の詩を九歳の時の詩、後の詩を七十九歳の時に改作した詩としているが、「当時平仄知らず。亦た文字無し」と述べているにもかかわらず七十九歳の詩の方に韻の間違いが生じるというのは不自然である。

<前の詩>　　　　　　　　　<後の詩>

寒到夜前雪 ○●●○●　　寒到夜前雪 ○●●○●

凍民安免愁 ●○○●○　　饑百姓何居 ○●●○○

我儕猶可喜 ●○○●●　　我等還有楽 ●●○●●

穿得好衣遊 ○●●○○　　著好衣物遊 ●●○●○

　　　　　　　　　　　　（平は○、仄は●）

　後の詩において、承句の「居」と結句の「遊」において韻の誤りが生じている。平仄に関しても、前の詩は二四不同の原則に則っているが、後の詩は三句・四句においてその原則から外れている。改作した詩に、韻の間違いが生じ、平仄のずれが大きくなるということは

考えにくい。また、後の詩の前後に「本の詩に云わく……当時平仄知らず。亦た文字無し。」とあることから、文脈上も、後の詩が九歳時の詩に相応しい。したがって、前の詩が七十九歳時に韻と平仄を修正した詩であり、後の詩が九歳当時の「本詩」であると理解するのが妥当であろう。

　さて、芳洲は、自分の詩と杜甫・白楽天の詩との間に、天と地ほどの大きな違いがあると認識している。たしかに、両方の詩ともに、凍える民の苦しみについて言及している。しかし、杜甫・白楽天の詩には、その民を救いたい気持ちがこめられているのに対して、芳洲の詩は、「我らは好き衣があるから喜ぶべきだ」と述べ自足の心持を表現している。このような違いを踏まえ、芳洲は、杜甫・白楽天の詩を優れていると考え、自分の詩を劣っていると述べているのである。

　芳洲の、詩についての評価の基準は「憫恤の意」の有無にあった。つまり、芳洲は、道徳的に優れた性情が表現された詩を理想としていたのである。前項で述べた「浩然の気」も「滋味」も、詩人の道徳的な性情と言い得る。

　ところで、特異に思われるのは、七十九歳の芳洲が、九歳時の詩を改作したものを、「憫恤の意有ること鮮（すくな）し」としながらも、それを「子孫」に示していること、また韻・平仄を整え多少改めているにもかかわらず自ら問題視している「詩意」は改めていないということである。丹羽氏は、「承句で飢えたる民に思いをいたしており、杜甫・白楽天の詩に近づいている」と評価しているが、詩意において両作に変わりはないと考えられる。

「垂髫の時に定まる者」―性情・度量など、子どもの時から定まっているもの―は、「得て掩飾すべからざるなり」―巧妙な表現で飾っても覆い隠すことはできない―と彼は信じていた。そして、自分の性情が、理想とする聖人のそれとはかけ離れたものであると認識しながら、自身の俗意までをも率直に表現したのである。

このように、詩において率直に自身の感慨・心情を述べるという傾向は、芳洲の他の作品からも確認できる。たとえば芳洲の晩年の詩を収めている『雨森芳洲・鵬海詩集』には次のような作がある。

又（偶成）

面皺歯牙落	面皺て　歯牙落ちる
分明醜老人	分明たり　醜老人
痴孫讒四歳	痴孫　讒に四歳
相避不相親	相避て　相親しまず

（『雨森芳洲・鵬海詩集』〈雨森芳洲文庫本〉十一丁裏）

皺ができ、歯が落ちた自分のことを「醜老人」と言い、四歳の孫が、風貌の異様な芳洲を避けることを、諧謔や自嘲の念とともに詠っている。素朴な自身の気持ちを率直に表現するという芳洲漢詩の傾向がよく表れている。

同様の考え方は、彼の随筆『たはれ草』からもうかがえる。

それがし詩を作りて、友なりし人に見せしに、詩の俗語を忌むといふ事、人々の知りたる事なれど、俗意を忌むといふにこゝろづけるは

　少なし。この詩など俗意といふべしとおしへしかば、げにもと思ひけ
れど、生れつきのしからしむるは、あらたまりがたし。詩に別材あり
といへる、このゆへにや。

（『たはれ草』百二十八段）[11]

　上記の引用箇所において、芳洲は、「友なりし人」の芳洲の詩への
評価を紹介している。「友なりし人」は、「俗語」のみならず「俗意」を
も忌避すべきであると述べ、芳洲の詩に「俗意」あることを指摘して
いる。芳洲は「げにも」と共感はしながらも、「生まれつきのしからし
むるは、あらたまりがたし」と述べている。自身の限界を認識しなが
ら「俗意」さえも「掩飾」せず、率直に表現することを重視する詩作
の態度が表れている。

まとめ

　以上、『橘窓茶話』にみえる漢詩についての言説を中心に、芳洲の
漢詩観を考察した。「安排摸擬」の詩作方法や技巧などの外面的な
部分にこだわる傾向を批判している点、道徳的な性情が表れる詩
を理想としている点、道徳的な性情を指向しながらもあえて自分を
飾らずにありのままの心情を表現する点、以上の三点が特徴として
あげられる。

---

11) 『仁斎日札 たはれ草 不盡言 無可有郷』新日本古典文学大系99、岩波書店、
　　2000年

　こうした芳洲の漢詩観は、近世漢詩史においてどのように位置づけられるであろうか。

　十八世紀の日本漢詩壇は、大きくみて、前半の古文辞派の隆盛と半ばすぎからの反古文辞派の台頭というように理解できる。反古文辞派の詩論の代表例としては、山本北山の『作詩志彀』（天明三年刊）を挙げることができる。北山は同書において「大丈夫タルモノ、如何ゾ己ニ有スル真詩ヲ舎テ、他ノ詩ヲ剽襲摸擬スベキ」と述べ、「摸擬」「剽窃」の詩作を批判するとともに、「自己の真情」を詩の重要な要素とするが、これらの主張は、芳洲の漢詩観と相通ずるところがある。芳洲の明詩批判や「王李」の言及も、まさに古文辞派への批判意識の発露であると理解できる。すなわち十八世紀後半に隆盛する古文辞派批判の主張と芳洲の詩論との間に共通性があるといえる。

　ただ、芳洲の詩観には、江戸後期の反古文辞派とは趣を異にする面も存在する。たとえば、北山らの主張が、袁中郎など中国のいわゆる性霊派の影響を強くうけ、それに依拠するものだったのに対し、芳洲の詩論は、性霊派など中国の新潮流にたよらないものであった。また、芳洲は、自身の心情を素直に述べることを尊ぶ一方で、道徳性、社会性を持った作品を、詩の理想と考えていた。この点は、身辺の抒情の詠出に傾きがちであった江戸後期の詩人とは異なっている。

　芳洲の詩観は、やがて到来する江戸後期の漢詩世界の思潮の萌芽として位置づけられると同時に、江戸中期以降の反古文辞の内実の多様性を示しているのである。

　こうした芳洲の漢詩観は、後代の詩人からも注目を受けている。たとえば、詩について反古文辞的な見解を有していたことで知られる江村北海は[12)]、『日本詩史』において、芳洲と徂徠の詩への考え方が相反することを記している。

　　雨森芳洲。名東。字伯陽。（中略）余按徂徠嘗唱復古。傲睨一時人士。特於芳洲称楊噴噴殆不可解。何則芳洲説経。崇信程朱。至老無変。而徂徠勤排程朱。芳洲文宗韓欧。徂徠必曰東漢以上。芳洲不好明詩。橘窓茶話曰。吾案上所置詩集、以陶淵明為首、李杜為第二、韓白東坡為三。與徂徠論詩誠氷炭矣。余久疑之近得其説。已有別論。

　　（雨森芳洲、名は東、字は伯陽。〈中略〉余按ずるに、徂徠嘗て復古を唱へ、一時の人士を傲睨す。ひとり芳洲に於て称楊すること噴噴、殆ど解すべからず。何となれば則ち、芳洲の経を説く、程朱を崇信し、老に至りて変ずること無し。而して徂徠は勤めて程朱を排す。芳洲は文韓欧を宗とし、徂徠は必ず東漢以上を曰ふ。芳洲は明詩を好まず。『橘窓茶話』に曰ふ、「吾案上に置く所の詩集、陶淵明を以て首と為し、李杜を第二と為し、韓白東坡を三と為す」と。徂徠の詩を論ずると誠に氷炭なり。余久しくこれを疑ふ。近ごろその説を得、已に別論有り。）

　　　　　　　　　　　　　　　　（『日本詩史』〈明和八年刊〉巻四）

---

12) 例えば、江村北海の『授業編』（天明三年刊）には、次のようにある。
　「明ノ李夢陽ニ至リテ書をミルニ、目隋唐ニ下ラズナド云テ、ヤ、古文辞の基礎出来、李滄溟ニ至リテ全ク古文ノ辞ヲ用ヒ東漢以後ノ語ヲ用ヒズ。是ヲ古文辞ト云。其仕方古文ノ語ヲツギアワスヤウニシテ文ヲ作ル。今ノ童蒙初学ノ詩ヲ作リ習フニ、唐詩礎明詩礎詩筌詩聯、何ノカノト云類ノ小冊子ヲアツメ、半

　これらのことから、北海の反古文辞的な意識に、芳洲が影響を与えている可能性なども想定できるだろうが、詳細は別稿を期したい。

　句一語ヲヨセキリハメテ詩ヲコシラヘルニ似タリ。」(巻六「文第五則」)

第四節
雨森芳洲「少年行」と李白の詩

はじめに

　芳洲の漢詩において「少年行」と題するものは、稿者が確認した限り五首が存する。「少年行」[1]とは、中国の楽府題を踏襲したものである。「少年行」詩を作ることは、芳洲に限ってのことではないらしく、新井白石の二首、祇園南海の二首、荻生徂徠の二首、服部南郭の二首など[2]、芳洲同門の木門の文人や芳洲の同時代人を中心に、「少年行」詩が確認できる。

　楽府題を踏襲した「少年行」を分析することは、中国詩の伝統をどのように継承しているかを考える上で有意義となる。よって本節

---

1) 中国、楽府題の一つ。都大路に楽しみをつくす若者を歌ったもの。六朝宋の鮑照の「結客少年場行」に始まり、李白、王維、王昌齢などの詩題にも見られる。
2) 『雕龍 日本古籍全文検索叢書シリーズ③〜⑥日本漢詩』（凱希メディアサービス）による。

では、芳洲の「少年行」五首を、中国詩―特に、類似する語句が多く
見られる、李白詩と比較検討することにより、芳洲詩考察の試みと
する。

一　『停雲集』『木門十四家詩集』所収「少年行」[3]

少年行　　　　　　　少年行

珠簾繍箔画橋西　　　珠簾繍箔　画橋の西

勧酔千鐘客似泥　　　酔を勧めて　千鐘　客　泥の似し

日暮呼盧猶未散　　　日暮　呼盧　猶ほ　未だ散せず

垂楊陰裏五花嘶　　　垂楊陰裏　五花　嘶く

<意訳>

たますだれ、縫い取りのすだれ。画橋の西。

　酒を勧めて、千杯は飲んだだろうか。客は完全に酔って泥のよう
になってしまった。

　日暮れになっても、賭博をする若者たちは依然としてまだ解散し
ない。

　垂れた柳の陰のうちから、五花馬（青と白との斑紋のある馬）の鳴
き声が聞える。（まるで、早く帰ろうと促すようである。）

　酒に酔った様を表現した「泥の似し」については、李白の襄陽歌に

---

3) 李白の漢詩に見える語彙を網掛けで表示した。

「笑殺す山翁酔ふて泥の似きを」[4]という句がある。

　「呼盧(ころ)」とは、賭博の掛け声であるが、李白の「少年行」に「白日毬猟夜擁擲、呼盧百万終不惜(白日に毬猟し夜擁擲(ようてき)す、呼盧百万終に惜しまず)」[5]とある。

　「五花」とは「五花馬」つまり「五色(白黒赤青黄)の美しい毛色をもった馬」[6]のことで、これも李白の漢詩に散見する。たとえば、「将進酒」に「五花馬千金裘、呼児将出換美酒(五花馬千金の裘、児を呼び将き出し美酒に換へ)」[7]とあり、また「相逢行」に「朝騎五花馬、謁帝出銀台(朝に五花の馬に騎り、帝に謁して銀台を出づ)」[8]とある。「将進酒」において千金の裘と併称されていることから、五花馬は高価な馬であったと考えられる。「相逢行」では、皇帝に謁見することができる人物の乗る馬として五花馬が登場する。よって、このような五花馬を待たせて賭博に耽っている、芳洲の「少年行」の登場人物も、高位につく有望な若者として想定されていると考えられるだろう。

---

4) 読み下しは、大野實之助『李太白詩歌全解』(早稲田大学出版、1980年)p.19による。

5) 「白昼は打毬をしたり狩猟をしたりしており、夜となれば骰(さい)を投じて賭博を行い、日夜遊びに耽っている。博奕のためには百万銭の金をも惜しむことなく」。以上は大野氏による意訳(『李太白詩歌全解』p.1261)。

6) 大野氏の注による(『李太白詩歌全解』p.312)。

7) 「禁中の廏舎に居る五色の毛色をした名馬および価千金もする毛皮の衣、早速宮中に奉仕している少年達を呼び出し、それ等に命じてその名馬や毛皮の衣を取り出して売らせ、その代金を以って好い酒を買わせ」(『李太白詩歌全解』p.311)

8) 「朝には珍しい毛並の五花馬にのり、帝に謁して銀台から退出する。」(『李太白詩歌全解』p.227)

二　『雨森芳洲同時代人詩文集』所収「少年行」二首

少年行　　　　　少年行
劇飲煙花巷　　　劇飲す　煙花の巷
綺羅裁作衣　　　綺羅　裁ちて衣を作る
_{ママ}
一呼輸百万　　　一呼　百万を輸し
落月踏歌帰　　　落月　踏歌して帰る

〈意訳〉
豪快に飲む　花やかな巷で。
きらびやかな綾絹を裁断して作った衣服を着て。
（賭博をするときに）一瞬のうちに大金をする。
月が沈む中で（朗らかに）踏歌をしながら帰る。

「一呼輸百万」は、賭博において一回の賭けで百万をすってしまう、放蕩ぶりを表していると考えられる。杜甫の「今夕行」に「家無儋石輸百万（家に儋石無くとも百万を輸す）」[9]とあるのが参考になる。

　きらびやかな衣を身に着けた若者が、華やかな町で、たくさんの酒を飲み、夜遅くまで賭博に耽る姿を描写しているものと解することができる。

---

9) 「家に（米が）一石もなくとも、賭博で百万（銭）をする」の意。

少年行　　　　　少年行

誰家年少画橋東　　誰か家の年少　画橋の東

袨服翩々柳下風　　袨服　翩々たり　柳下の風

弾罷径招翠娥飲　　弾じ罷れば径ちに翠娥を招きて飲む

艶歌声鬧百花中　　艶歌の声　鬧がし　百花の中

〈意訳〉

画橋の東にいる若者は、誰の家の少年なのか。

美麗な晴れ着が、柳の下に吹く風になびく。

弾弓の遊びが終わると、遊女を招いて飲む。

色とりどりの花が咲いているなかで、妖艶な歌を歌う声がにぎや

かに聞える。

　「袨服」は、晴着または美麗な服である。「弾」は、「弾弓（だんぐう）」のことで
あろう。弾弓は「弾丸をはじいて飛ばす弓」である。ここは弾弓を
使って遊んでいる場面と解することができる。李白の「少年子」に「青
雲年少子、挟弾章台左（青雲年少の子、弾を挟む章台の左）」とあ
り、大野氏は当該箇所を「青雲の志を抱いた少年達が、弾丸を小脇
に挟んで美人を多く擁している遊郭の左のあたりで遊んでいる」と
訳している[10]。同詩の五句目に「金丸飛鳥を落とし」とあること
から、弾丸を以って鳥を取るなど狩猟をしていたことが想像できる。
弾弓の遊びが終わるやいなや遊女を招くという点で、芳洲の上記の
詩の「年少」は李白の「少年子」に登場する若者のイメージを踏襲し

10）『李太白詩歌全解』p.1235

ていると言えるだろう。

三　『雨森芳洲詩集抄』所収「少年行」二首

少年行	少年行
十千美酒酔新豊	十千の美酒　新豊に酔う
白馬金鞍両頬紅	白馬金鞍　両頬　紅なり
日暖章台春似海	日　暖にして章台の春　海の似し
挙鞭争入百花中	鞭を挙げて争ひ入る　百花の中

〈意訳〉

(酒の名産地である)新豊で一万銭もする上等の酒を飲んで酔う。

白馬の金色の鞍に乗っている若者の両頬は紅い。

日差しがあたたかい章台の春の景色はまるで海のよう(に広大)
だ。

　鞭を挙げて(白馬を走らせて)色とりどりの花々が咲いている中に
争って入る。

　新豊は、長安のすぐ東に位置する町で、酒の名産地として有名で
ある。章台は、長安の西南隅にあった楼台の名、または、その台のあ
る宮殿の名である。よって、詩の中の若者は、中国の長安を闊歩す
る裕福な貴公子[11]をイメージしたものであろう。

---

11)「白馬」「金鞍」とあることから、そのように考えられる。

　章台の辺りで馬を走らせる若者の描写は、李白詩にも表れる。「流夜郎贈辛判官（夜郎に流さるるとき辛判官に贈る）」の五〜六句目に「夫子紅顔我少年、章台走馬著金鞭（夫子紅顔我も少年、章台馬を走らせ金鞭を著く）」[12]とあるのが、それである。芳洲の「少年行」は李白詩に表れる、このようなイメージをそのまま踏襲しているように思われる。

少年行	少年行
尋柳問花布作裳	柳を尋ね花を問ひて　布を裳と作す
巨觥且酔少年場	巨觥　且に酔はんとす　少年場
縦然顚蹄今如此	縦然ひ　顚蹄すること　今　此くの如くなるとも
三万六千日子長	三万六千日子　長し

〈意訳〉

柳（のある町）を尋ね、花を問うて布をもって裳を作る。

若い頃の遊び場で、大きい盃を傾けてまた酔う。

たとえ、今このように、失敗をしたりつまづいたりするとしても。

　三万六千日—つまり、男児の人生である百年は（まだまだ）ながい。（だから今の失敗で失望しないで、人生を楽しもうではないか。）

---

12)「当時貴君はうら若い紅顔、自分李白もまた少年であったが、或は建章台のあたりを金鞭を手に持ち馬に騎って走ったこともあった」の意。『李太白詩歌全解』p.1235

　「布を裳と作す」とあるのは、「綺羅裁作衣」「袪服」[13]など、芳洲の他の「少年行」にみえる華麗な服とは対照的である。芳洲の他の「少年行」では、華麗な服を着て、高価な馬に乗り、賭博に大金を惜しまずかけることのできる、豪快な貴公子の若者が登場していた。そしてそれは、李白詩に詠まれる少年の姿に酷似していた。しかし、上記の詩の登場人物は「布で作った裳」という地味な服を着ている点で、他の作とはやや異なる。「縦然ひ　顚踣すること　今　此くの如くなるとも」とあることから、上記の詩の登場人物は不遇な状態にあって、布で作った服を着るしかない、経済的あるいは身分的に卑しい状況にあるものと考えられる。

　「三万六千日」に関しては、やはり李白詩にその用例が見られる。たとえば、李白「襄陽歌」の九〜十句目には「百年三万六千日、一日須傾三百杯（百年三万六千日、一日須く傾くべし三百杯）」[14]とある。三万六千日は、つまり百年であるが、李白は百年を男児の一生の謂として用いていると考えられる。そのことは李白「少年行」の十九〜二十二句目に「男児百年且楽命、何須徇書受貧病、男児百年且栄身、何須徇節甘風塵（男児百年且に命を楽しまんとし、何ぞ須ひん書に徇ひて貧病を受くるを、男児百年且に身を栄にせんとし、何ぞ須ひん節に徇ひて風塵に甘んずるを）」[15]とあることから明

---

13) 以上、『雨森芳洲同時代人詩文集』所収「少年行」二首参照。

14) 「一生百年即ち三万六千日の間酒を飲み、しかも毎日よろしく三百杯の酒を飲むべきである、というのが、自分李白の考えである」の意。『李太白詩歌全解』pp.19〜20

15) 「男児一生はまさに天命を楽しむべきであり、どうしてただ書物を読んで貧乏生活の悩みに苦しむ必要があろうか。男児一生の間身を栄達の地位に置くべき

らかであろう。李白は、「襄陽歌」においても「少年行」においても、
男児百年の人生を楽しむべきだと述べているのである。

　そこから類推すれば芳洲の上記の詩に「三万六千日子　長し」と
あるのも、「今不遇な状態であるけれど、人生はまだまだ長いのだか
ら—また栄達を得る機会はいくらでもあるのだから—酒を飲んで楽
しもうではないか」という趣旨であると考えられるだろう。一句目
に「布を裳と作す」とある点や、三句目で不遇な状態にあることを暗
示している点は、李白の描く少年像とやや異なるが、全体的にはや
はり李白詩に見られる人生観が投影されていると考えられる。

まとめ

　以上、芳洲の「少年行」五首について考察したが、いずれも表現・
内容両面において、李白詩の影響が大きいように見受けられた。も
ちろん、「少年行」という楽府題で詩をつくるということ自体が中国
詩の模擬を前提としているが、それを差し引いても李白の表現や価
値観を踏襲する傾向が顕著であると言えよう。

　芳洲は『橘窓茶話』において、自身が理想とする中国の詩人の名
前を挙げている。

　　凡そ詩の天才から出る者は譪然として自然之意有り。之を読め

　　で、どうして節操を守って風に吹かれてはたまる塵芥のような貧賎な地位にあ
　　えぐ必要があろうか。」の意。『李太白詩歌全解』pp.1260〜1261

ば、人をして心爽やかに神怡び躍躍然として、自から已むこと能はず
せしむ。若し夫れ安排摸擬して後に得る者は巧妙なりと云えども、
終に久しくして厭倦し人をして睡を思わしむ。故に予、晩年案頭に
置く所、陶淵明を以って首と為し、李杜を第二と為し、韓白を第三
と為し、蘇東坡を二之下三之上と為し、其の間に優游吟咏し、身の
耄を過ぎて且に耋なりて、一旦瑞鶴祥鸞幢幡笙簫の空より来たりて
迎えるを知らず。夫の明人の詩の如きは、譬えば、嬌妾妖姫素り天
然の妙姿無くして掩映修飾して嫵媚を希い求めるが如し。我が好
む所にあらざるなり。宋明人、皆な盛唐から学ぶ。然れども、意想差
へり。

　「李杜」つまり、李白と杜甫を、陶淵明に次ぐ第二位においてい
る。芳洲の「少年行」が表現や内容において李白詩に酷似するの
は、李白詩への高い評価と関係があると考えられる。
　ただ、このような詩作は、『橘窓茶話』において、「安排摸擬して後
に得る者は巧妙なりと云えども、終に久しくして厭倦し人をして睡
を思わしむ」とのべ、模擬の詩作を批判する芳洲の詩観とは矛盾す
るようにも見受けられる。芳洲は、そのような摸擬の詩作を批判は
しながらも、全面否定まではしておらず、詩作稽古の一つの方法と
して活用したものと想像される。

第二章

雨森芳洲と『荘子』

第一節
雨森芳洲と『荘子』
―三教合一論へのつながりを中心に

はじめに

　醇儒と知られ、儒学の理念を第一とする雨森芳洲が『荘子』にも
多大な関心を示したことは、興味深い事実である。芳洲の『荘子』
への関心については、つとに指摘がされているが、それはおおむね三
教合一論に関してである。つぎは、中野三敏氏の論文からの引用で
ある。

　　新井白石、室鳩巣と並んで当代三大醇儒と評された木門の秀才雨
　森芳洲の著述に現れた三教論等は、当面最もよくこの問題を物語っ
　てくれる。
　　余有十六字。以為儒釈之断案曰。天惟一道。理無二教。立教有
　異。自修不一。
　　老釈之於我道也。立教有異。自修不一。余嘗言。三聖一致而未

　　敢言三教一法也。然為斯言也。自知其為洛閩之罪人也。（以上「橘
　　窓茶話」）
　　（中略）芳洲が「形而下の事」「今日の事」を言う場合に帰儒を説い
　　たのは、いたって当然の事であるが、翻って考えれば、当代三大醇儒
　　と称された芳洲の口から、本質論に限定されたとは言え、三教合一
　　論が出るのは、ひとえに朱子学の衰退と仏老の知識人間への浸透と
　　いう事を示す以外の何ものでもなかろう。老荘を認めざるを得ない
　　という空気が感じられるのである。[1]

　　中野氏は、「三大醇儒」と評される芳洲が「三教合一」を唱える
ことを、意味深いこととしてとらえ、当時の知識人の間にどれほど
根強く老荘思想が影響しているかを示す傍証としている。『荘子』
が、江戸時代中期には儒学者たちにまで強く影響しているという
ことは、周知の事実であり[2]、醇儒・芳洲が「三教合一」を唱えるほ
ど、仏教・道教も無視できない存在として認識されていたというこ
とは、一見当然なことのようにも思われる。しかし、明らかに相反す
る要素を多数有する、儒・仏・道を「三教合一」として理解するこ
とが、芳洲にとってどのようにして可能だったのかという疑問が残
る[3]。中野氏は、その具体的な内実に関しては説明していない。

---

1) 中野三敏「近世中期に於ける老荘思想の流行」『戯作研究』（中央公論社、1981
　年）pp.89〜90
2) 江戸中期の儒学者における『荘子』の影響に関しては、中野氏の論稿以外にも福
　永光司『道教と日本文化』（人文書院、1982）・日野龍夫「延宝前後の江戸詩壇
　―『荘子』受容をめぐって―」（『日本文学』25、1976年9月）などの論稿がある。
3) 人の考えを鵜呑みにせず自身の合理的な思考によって物事を判断する芳洲で
　あるだけに、三教観に関しても、明確な根拠を踏まえていると考えられる。芳洲

　本考では、芳洲の『荘子』理解を考察し、それが彼の三教合一論
にどのようにつながるかを究明する。

一　『荘子』に対する芳洲の関心

　晩年の芳洲が『荘子』に関心を寄せたことは、彼の漢詩を通して
確認できる。つぎは、『雨森芳洲・鵬海詩集』所収の一首である[4]。

　　淨几
　　淨几明窓小室中　　淨几明窓　小室の中
　　南華読罷対東風　　南華読み罷はりて東風に対す
　　梅花落尽春寥寂　　梅花落ち尽くして　春寥寂たり
　　縦有月光誰与同　　縦ひ月光有れども誰か与に同じくせん
　　　　（『雨森芳洲・鵬海詩集』〈写本・雨森芳洲文庫本〉三丁表）

　芳洲文庫に所蔵される『雨森芳洲・鵬海詩集』は芳洲の八十代初
頭の詩を収録しているもので[5]、上記の詩も芳洲の最晩年ののどか

は、たとえば、朝鮮に対する認識においても、当時流布していた偏見にとらわれ
ずに自分なりに正しい理解をしようとした。享保五年に林鳳岡に送った『朝鮮
風俗考』では、朝鮮が「礼儀の国」「弱国」であると言う、世間一般の理解につい
ての、自分なりの見解を述べている。その見解の是非はともかく、物事に関して一
般の認識にとらわれず自分なりの合理的な理解を追求する芳洲の一面を表す例
といえる。
4)『雨森芳洲・鵬海詩集』(写本・雨森芳洲文庫本)三丁表
5)『雨森芳洲・鵬海詩集』は「戊辰(云々)」「庚午(云々)」という詩題や、翠巌承堅

な日常の一端を示すものである。南華は「南華真経」つまり『荘子』
の別名で、『荘子』を読んで過ごすのどかな春日の日常を詠っている
のである。

　また、『橘窓文集』中の次の箇所で、芳洲は学童たちを指導する合
間に『荘子』「在宥」篇を繰り返して読んだことを述べている。

　　予課童之暇、乃取南華在宥一篇二千三百七字、而読之千遍。九
　月起十一月止。共五旬也。初則毎一句読百遍。熟譜訖、温習八百
　遍。（下略）
　　（予童に課するの暇、乃ち『南華』〈在宥〉一篇の二千三百七字なる
　を取りて、而して之を読むこと千遍。九月に起り十一月に止む。共
　に五旬なり。初は則ち一句毎に読むこと百遍。熟譜し訖りて、温習
　すること八百遍。〈下略〉）
　　　　　　　　　　　　　　　　　　『橘窓文集』〈寛政六年刊〉巻二）[6]

　　上記の文の末尾には「寛保辛酉冬至月念二日」とあり、文章を認
めた日にちを示している。「寛保辛酉」は寛保元年（1741）で、芳洲
はこの年、七十四歳であった。引用したのは導入部で、繰り返して
読誦する読書法を勧めるために芳洲自らの経験を述べる部分であ
る。芳洲は、「童に課するの暇」に、『荘子』在宥篇を、五十日間にわ
たって千遍読んだことを述べている。はじめは一句ごとに百遍読

　の任期が終るころの作と推測される漢詩を収めていることから、芳洲の八十一
　歳（寛延元年）から八十三歳（寛延三年）、すなわち八十代初頭の作を中心に収録
　していると推定される。
6）『雨森芳洲全書2芳洲文集』（関西大学東西学術研究所、1980年）p.62

み、完全に暗記してからは八百遍復習したなどとその課程を具体
的に述べているので、「千遍」という数字は、ただ多いことを表す誇
張した表現ではなく本当の回数を言っているとみてよいだろう。晩
年の芳洲が和歌習得のために『古今和歌集』を千遍読んだことはよ
く知られる逸話であるが、そのような根気強い学習方法は『荘子』
を読むことにも発揮されていたのである。芳洲が、どのような経緯
で、『荘子』在宥篇をここまで熱心に勉強したのかは示されてない
が、晩年における『荘子』への関心は単なる気楽な趣味というより、
かなりの時間と努力をついやしての学習であったことがわかる。

　晩年の芳洲が『荘子』に関心をもっていたことは、延享四年
(1747)芳洲八十歳のときに完成した漢文随筆『橘窓茶話』中に『荘
子』関連記述が多く存することからも見受けられる。『橘窓茶話』
は、思想・文芸・言語をとわず多くの分野に関する芳洲の考えを箇
条書きで記したものである。第一番目の箇条は学問の目的、第二
番目の箇条は紙の節約に関する内容である。『橘窓茶話』は、輪番
制で対馬に勤める五山僧を相手に教育する内容をその骨子として
いるので、教育をする上で一番最初に教えるべき内容として、それ
らの文章が配置されたと推測される。その次からは、儒教・仏教・
道教などの思想が続くが、意外なことに最初に出てくるのが他で
もない『荘子』に関する談論である。第三から第十一までの箇条で、
『荘子』をテーマにして叙述している。このような順番は、芳洲の
『荘子』への関心の大きさをうかがわせるものとして意味をもつと稿
者は考える。

　ところで『荘子』への関心は、芳洲の晩年において芽生えたもの

だろうか。『橘窓茶話』中の次の箇所は、芳洲が若い頃から『荘子』〈外物〉篇の内容に関心をもっていたことをうかがわせる。

　　荘子所謂七十二鑽、人莫知其義。又以卜字為象形、亦不暁其意。余到対馬始見其法。参之以五行之説方知其故。可謂奇矣。相伝、神后征韓留卜者十家於此地。云、令僅存二家、其人乃猷畝之家、既無書籍口口相伝其詳不可得而知焉。南岳家所蔵一冊出於卜部某。庶得古法。然不過四五張可惜矣。某官爲神祇大副不知何時人也。〈雑篇外物七十二鑽而無遺筴〉

　　（荘子の所謂「七十二鑽」、人其の義を知ること莫し。又た卜字を以て象形と為すも、亦た其の意を暁（さと）らず。余、対馬に到りて始めて其の法を見る。之に参ずるに五行の説を以てして、方て其の故を知（はじめ）る。奇なりと謂ふべし。相伝へるに、「神后、韓を征するとき卜者十家を此の地に留む」と。云く、「僅に二家存ぜしむるも、其の人乃ち猷畝（けんぽう）家なりて、既に書籍無く口口相ひ伝へるも其の詳かなるは得て知るべからず」と。南岳が家、蔵する所の一冊、卜部某に出づ。古法を得るに庶（ちか）し。然ども四五張に過ぎず。惜むべし。某の官神祇の大副と為るも何れの時の人なるかを知らざるなり。〈雑篇外物に七十二鑽して遺筴無し〉）

（『橘窓茶話』上）[7]

　上記の文は『荘子』雑篇〈外物〉中の「七十二鑽」に関する言説である。「七十二鑽」とは亀の甲を利用した卜占のことだが、「余、対

馬に到りて始めて其の法を見る」「之に参ずるに五行の説を以てして、方て其の故を知る。奇なりと謂ふべし」と対馬に来て始めてその意味を理解し得たと述べている。芳洲が、対馬藩の儒者として対馬に渡ったのは二十六歳（元禄六年）のことであり、文脈から、その前から『荘子』の該当箇所を読んでいて疑問をもっていたことが見受けられる。

　よって、二十六歳以前の若い時点にも、最晩年にも、芳洲は『荘子』に関心を寄せていたことが分かるのである。芳洲は、長期にわたり『荘子』を意識していたとみてよい。すなわち『荘子』を知悉し、自分なりの『荘子』についての見解を築いていたとみてよいだろう。

二　芳洲と林希逸注『荘子』

　芳洲は、『荘子』を、どの注釈本で読んだのだろうか。日本において流布した『荘子』は、主に林希逸による注釈本（以下、林注）と郭象による注釈本（以下、郭注）とがある。後者の郭注の『荘子』は、とくに服部南郭（1683〜1759）により推奨され、南郭の校訂による『荘子南華真経』（『郭注荘子』元文四年刊）が刊行された。芳洲が、どの注釈本で『荘子』を読んだかということは、誰の注釈に影響されたかに関わるため、彼の『荘子』観を知るうえで重要な問題になる。

　ところで、芳洲が林注を直接引用した箇所が『芳洲口授』に存する。

　　　荘子斉物論以指章註云。終不成天地。亦可以彼我分乎。終不成
　　三字。俗語或曰難道。作豈字看便好。但非訓作豈、猶言豈也。
　　　（『荘子』斉物論「以指」章註に云ふ。「終不成天地。亦可以彼我分
　　乎。」と。「終不成」の三字。俗語に或は難道と曰ふ。「豈」字を作る
　　は看便好し。但し訓は「豈」を作るにあらざれど、猶ほ「豈」を言ふが
　　ごときなり。）

　　　　　　　　　　　　　　　　（『芳洲口授』〈嘉永元年刊〉五丁裏）

　　上記は、芳洲が、『荘子』「以指」章の註を引用し、その中の「終不
成」についての見解を述べた箇所である。そして、この箇所は、林希
逸による注釈の一部であり、万治二年刊の和刻本『荘子鬳齋口義』
（林注）巻一の二十九丁表において同文が確認される。この箇所
より、芳洲が林注の『荘子』を読んでいたことが分かる。よって、以
下、『荘子』の引用は、林注の『荘子鬳齋口義』（和刻本・万治二年
刊）によることとする。

三　『橘窓文集』「荘子論」に見える『荘子』理解

　　芳洲が『荘子』に関する自身の見解をまとまった文章で示したも
のとして『橘窓文集』所収の「荘子論」がある。同文で芳洲は、儒学
の理念に即して『荘子』の肯定的な面と否定的な面を述べている。
まず、否定的な記述から確認していく。

引用1

然其所以不免於為異端者、其病蓋有二焉。一曰避事、一曰畏
禍。而二者之病、俱出於強忍自私之心。故与聖人不合也。聖人之
於天下也、有不忍人之心、故有不忍人之教。有不忍人之教、故有不
忍人之政。仁義礼楽、以治其内、耕稼蠶績、以養其生。要将建兆民
之極、厳万世之防、以安民済物。

（然れども其の異端たるを免れざる所以の者は、其の病蓋し二つ有
るなり。一つは曰く、避事、一つは曰く畏禍。而して二者の病、俱に
強忍自私の心に出づ。故に聖人と合わざるなり。聖人の天下に於け
るや、人に忍びざるの心有りて、故に人に忍びざるの教え有り。人に
忍びざるの教へ有りて、故に人に忍びざるの政有り。仁義礼楽、以て
其の内を治め、耕稼蠶績、以て其の生を養ふ。要するに将に兆民の
極を建て、万世の防を厳しくして、以て安民済物せんとす。）

（「荘子論」『橘窓文集』）

芳洲は、『荘子』が異端とされる要素を「避事」「畏禍」の二語でま
とめ、その二つが「強忍自私の心」から出るとする。この引用部分の
後にも、同じことを「避事以就安間、畏禍以成己私（事を避けて以
て安間に就き、禍を畏れて以て己私を成す）」と述べており、政な
ど公的な事を避けてただ保身を志向する傾向であると批判的にと
らえている。この際の判断基準はもちろん儒学の思想であった。上
記の文で芳洲は、聖人は天下に対して「人に忍びざるの心」（惻隠の
心）をもつとするが、これは、『孟子』〈公孫丑上〉を踏まえた箇所で
あり、「惻隠の心」の観点に立脚して『荘子』の否定的な面を述べて

いるのである[8]。

しかし、芳洲の「荘子論」は、『荘子』の肯定的な面にも触れている。

引用2

吾読荘子一書、観其言論浩浩乎、如江海之不知其畔岸、未嘗不佪然自失也。凡夫子之所罕言、而諸弟子之所不得而聞者、挙皆反覆、宛転津津乎、言之不已。可不謂豪傑之士乎。

（吾れ『荘子』一書を読むに、其の言論浩浩乎として江海の其の畔岸を知らざるが如きを観て、未だ嘗て佪然自失せずんばあらざるなり。凡そ夫子の罕言する所、而して諸弟子の得て聞かざるところの者、挙て皆反覆し、宛転津津として、之を言ひて已まず。豪傑の士と謂はざるべけんや。）

（「荘子論」『橘窓文集』）

---

8)『孟子』〈公孫丑上〉の該当箇所は次のとおりである。
　　孟子曰、人皆有不忍人之心。先王有不忍人之心、斯有不忍人之政矣。以不忍人之心、行不忍人之政、治天下可運之掌上。所以謂人皆有不忍人之心者、今人乍見孺子将入於井、皆有怵惕惻隠之心。
　　（孟子曰く、「人皆人に忍びざるの心有り。先王人に忍びざるの心有りて、斯に人に忍びざるの政有り。人に忍びざるの心を以て、人に忍びざるの政を行はば、天下を治むること、之を掌上に運らすべし。人皆人に忍びざるの心有りと謂ふ所以の者は、今、人乍ち孺子の将に井に入らんとするを見れば、皆怵惕惻隠の心有り。）
　　　　　　　　　　　　　　　　　　　　　　　　　　　　『孟子』〈公孫丑上〉
　つまり「不忍人の心」とは人を助けたいという「惻隠の心」であり、芳洲は、そのような利他的な動機で「民を安くせん」ことを理想的な生き方として規定している。それと違ってただ自分自身の安楽や安全を図る保身的な傾向をもつことを、『荘子』の否定的な要素として芳洲はとらえているのである。

　上記の引用文は、「荘子論」の導入部にあたる。『荘子』を読んだときに、芳洲自身が感じた感動を「徜然自失せずんばあらざるなり」と表現している。感動の理由を「其の言論浩浩乎として」と述べており、スケールの大きいことを評価している。ここで、稿者が注目したいところは、そのつぎの「凡そ夫子の罕言する所、而して諸弟子の得て聞かざるところの者、（中略）之を言ひて已まず」である。「夫子の罕言する所」つまり孔子が罕に言うところを、荘子ははっきり言ってやまないというのだ。これは、『論語』子罕編を踏まえた箇所である。

　　「子罕言利与命与仁」

『論語』〈子罕〉編[9]

　「罕言」（まれに言う、あるいは、敢えて言わない）については、引用2以外にも、『橘窓茶話』『橘窓文集』に言及があり、芳洲がこの言葉を、聖人の有り方の一つとして認識していたことがうかがえる[10]。

---

9) この箇所は、古来よりその解釈をめぐって多くの異説が存するところで、荻生徂徠（1666~1728）が『論語徴』（1740刊）において新しい解釈を提示したことで有名である。従来、「子罕言利與命與仁」の八文字を一句でとらえ「孔子は、利・命・仁を罕に言った」と解されたのを、四文字ずつ絶句して、「孔子は、利を説く際は必ず命・仁とともに説いた」と解釈したのである。従来のように八文字を一句でとらえると、孔子が命と仁を罕に言ったことが釈然としないために、その代案として徂徠は、四文字ずつ切ることで筋の通った解釈を試みたのである。

10)『橘窓文集』巻之二　三十丁裏（『雨森芳洲全書2芳洲文集』p.69）
　　曰。聖人之所教人者、彼所謂第二義也。小乗也。至于大乗第一義、則待其人。否則罕言也。然聖門不分大小。只言遠邇耳。

　引用2の「荘子論」で、芳洲は、荘子について「夫子の罕言する所、（中略）之を言ひて已まず。豪傑の士と謂わざるべけんや」と述べ、孔子が敢えて言わなかったことを荘子は弁えていたとの認識を示している。

四　『橘窓茶話』における『荘子』への言及

　つぎは、『荘子』雑篇・〈寓言〉の一部を引用した上でそれを論じた箇所である。

> 引用3
> 曰恵子曰孔子勤志服知也。荘子曰孔子謝之矣。而其未嘗言。荘子深得夫子罕言之意。故云其卓見。過於恵子等。豈不万倍哉。
> 　（曰く「恵子曰く『孔子は志を勤め知を服めたり』と。荘子曰く『孔子、之を謝せり。而して其れ未だ嘗て言はず』と。荘子深く夫子罕言の意を得る。故に其の卓見を云ふ。恵子等に過たること、豈に万倍にあらざらんや」と。）
>
> （『橘窓茶話』上）[11]

　〈寓言〉の引用文について芳洲は、「荘子深く夫子罕言の意を得

　（曰く。聖人の人を教える所は、彼れ所謂（いはゆる）第二義なり。小乗なり。大乗第一義に至りては、則ち其の人を待つ。否（しからざ）れば則ち罕言なり。然れども聖門は大小を分かたず。只だ遠邇を言ふのみ。）

11)『雨森芳洲全書2 芳洲文集』p.133

る。故に其の卓見を云ふ。」と述べた。この箇所の意味を知るため
には、引用された『荘子』雑篇の該当箇所をみる必要がある。

　　荘子謂恵子曰、「孔子行年六十而六十化。始時所是、卒而非之。
　未知今之所謂是之非五十九非也。」恵子曰、「孔子勤志服知也」。荘
　子曰、「孔子謝之矣、而其未之嘗言。孔子云、『夫受才乎大本、復霊
　以生』。鳴而当律、言而当法。利義陳乎前、而好悪是非直服人之口
　而已矣。使人乃以心服、而不敢蘁立、定天下之定。已乎已乎。吾
　且不得及彼乎。」

　　（荘子、恵子に謂ひて曰く、「孔子は行年六十にして六十たび化
　す。始めの時是とせし所、卒りにして之を非とせり。未だ今の是と謂
　ふ所の五十九非に非ざるを知らざるなり。」と。恵子曰く、「孔子は志
　を勤め知を服めたり」と。荘子曰く、「孔子之を謝せり。而して其れ
　未だ之を嘗て言はず。孔子云ふ『夫れ才を大本に受け、霊を復めて
　以て生く』と。鳴れば而ち律に当たり、言へば而ち法に当たる。利義
　は前に陳なるも、好悪是非は直だ人の口に服するに非ざるのみ。人
　をして乃ち心を以て服して、敢えて蘁ひ立たしめず、天下の定まるを
　定む。已みなん已みなん。吾れ且た彼に及ぶを得ざらんか。」と。）

　　　　　　　　　　（『荘子鬳齋口義』巻之九　雑篇・〈寓言〉）[12]

　荘子が恵子に「孔子は生まれてから六十の年齢になるまでに、
六十回も変わった」ことを言うと、恵子は、「孔子は勉学の志を励ま
して知を得ようとした」と理解する。これに対して荘子は、「孔子は

---

12) 芳洲が引用している箇所を下線で示した。

是(知を得ようとすること)をやめたのであり、それに言及すること
もなかった」と言う[13]。芳洲はこの箇所を以って「荘子深く夫子罕
言の意を得る。故に其の卓見を云ふ」と述べている[14]。

> 引用4
>
> 又日、就此一段而観之、荘子可謂能知孔子者矣。東坡云於天下
> 篇見之。抑亦末矣。
>
> (又た曰く、此の一段に就きて之を観れば、荘子能く孔子を知る者
> と謂ふべし。東坡云く「天下の篇に於いて之を見る」と。抑亦た末な
> り。)
>
> (『橘窓茶話』上)[15]

---

13) 下線部について、林希逸はつぎのように注を付している。以下、『荘子鬳齋口
義』からの引用である。
服知者、服事也、知知見也。勤心以従事於知見、謂博学也。謝者去也。
言孔子已謝去博学之事、而進於道。但未嘗與人言爾。
(知を服する者、服は事なり、知は知見なり。心を勤めて以て知見に於い
て従事すること博学を謂ふなり。謝は去なり。孔子已だ博学の事を謝去
して、而して道に進むことを言ふなり。但未だ嘗て人と言はざるのみ。)
知を追求するより、「才を大本に受けたまま、霊を復めたまま」の自然な生き方
を重視する『荘子』の思想が表れた箇所である。
14) もし『荘子』のこの箇所に即して『論語』子罕篇を解釈するならば、「子罕言利與
命與仁」の議論において、従来は「利與命與仁」に重点がおかれたのに対し、「罕
言」に重点がおかれることになる。つまり、孔子はあえて「知」を追求すること
がなかったために、口に出して言及することもめったになかった、という解釈にな
るのである。この際、利・命・仁の価値判断に差があるかどうかなど、従来の子
罕篇の論議において問題視されたことは問題にならない。利・命・仁はともに
善きものであってよく、それをあえて言わないことに孔子の聖人らしさがあらわ
れているのである。
15) 『雨森芳洲全書2 芳洲文集』p.133

　上記の引用文は、引用3に連続する箇条である。芳洲は、『荘子』雑篇中の荘子と恵子との対話の部分を根拠に、「荘子は能く孔子を知る者だ」と結論づけた。そして、それへの傍証として蘇軾（東坡）の言説を挙げた。つまり「天下の篇に於いて之を見る」は、蘇軾の「荘子祠堂記」からの引用であり、『荘子翼』（和刻本・承応二年〈1653〉刊）に収録されている。

　　作漁父盗跖胠篋以詆訾孔子之徒以明老子之術。此知荘子之粗者。余以為荘子蓋助孔子者。要不可以為法耳。楚公子微服出亡。而門者難之。其僕揉箠而罵曰、隷也不力。門者出之。事固有倒行而逆施者、以僕為不愛公子則不可。以為事公子之法亦不可。故荘子之言、皆実予而文不予。陽擠而陰助之。其正言蓋無幾。至於詆訾孔子、未嘗不微見其意。其論天下道術、自墨翟、会滑釐彭蒙慎到田駢関尹老聃之徒、以至於其身。皆以為一家而孔子不与。其尊之也至矣。

　　（〈漁父〉〈盗跖〉〈胠篋〉を作りて以て孔子の徒を詆訾して以て老子の術を明らかにす。此れ荘子を知ることの粗なる者なり。余以為らく荘子は蓋し孔子を助くる者なり。要は以て法と為すべからざるのみ。楚の公子微服して出亡す。而して門者之を難ず。其の僕箠を揉りて罵りて曰く、「隷や力まず」と。門者之を出だす。事、固より倒行して逆施する者有るも、僕を以て公子を愛せざると為すことは則ち不可なり。以て公子を事へるの法と為すも亦た不可なり。故に荘子の言、皆な実は予して文は予せず。陽はに擠けて陰かに之を助く。其の正言蓋し幾も無し。孔子を詆訾するに至りて、未だ嘗て微かに其の意を見ずんばあらず。其の天下の道術を論ずるに、墨翟よ

り、滑釐・彭蒙・慎到・田駢・関尹・老聃の徒を会して、以て其の
身に至る。皆な以て一家と為すも而れども孔子は与にせず。其れ之
を尊ぶや至れり。

（「荘子祠堂記」『荘子翼』〈承応二年刊〉）[16]

　上記の文で蘇軾は、「荘子は蓋し孔子を助ける者なり」と断定し
た。その前の「〈漁父〉〈盗蹠〉〈胠篋〉を作りて以て孔子の徒を詆訾
して以て老子の術を明す」は『史記』〈老子韓非列伝〉を引用したも
のであり、蘇軾はこのような『史記』の理解について「此れ荘子を知
ることの粗なる者なり」と批判している。つまり、『荘子』の〈漁父〉
〈盗蹠〉〈胠篋〉など、孔子をつよく貶すことが『荘子』の趣旨である
と思いがちだが、実は、『荘子』は暗に孔子を助ける者だ、という主
張である[17]。そして、主張の根拠として、『荘子』天下篇において諸
家を並べて叙述されている中、孔子の名が見えないことを挙げ、そ
のことに孔子への尊敬が表われているとした。芳洲も、蘇軾のこの
ような主張に影響されたと考えられる。

　さて、芳洲は「荘子が孔子をよく理解している」と述べているが、
これは芳洲の三教合一論につながるものであると稿者は考える。次
にそのことについて考察する。

---

16)『和刻本諸子大成』第十輯（汲古書院、1976年）
17) 蘇軾は、楚・公子が平服を着て密かに避難する際に、その下僕が、門番に気付
　　かせないために主人である楚・公子に暴言を吐くという譬えを挙げて、『荘子』
　　も表では孔子を貶すがそれは真意ではないとする。

五　芳洲の三教合一論

中野論文に引用された芳洲の三教への言及をあらためて挙げる。

余有十六字。以為儒釈之断案曰。天惟一道。理無二教。立教有異。自修不一。

（余に十六字有り。以て儒釈の断案と為して曰く。「天に惟だ一道あり。理に二教無し。教を立つるに異なること有りて、自ら修むること一ならず。」と。）

老釈之於我道也。立教有異。自修不一。余嘗言三聖一致而未敢言三教一法也。然為斯言也。自知其為洛閩之罪人也。

（老釈の我が道に於けるや、教を立つるに異なる有れど、自ら修むること一ならず。余嘗て三聖一致と言ひて未だ敢て三教一法と言はざるなり。然れば斯の言を為すなり。自ら其の洛閩の罪人為るを知るなり。）[18]

下線部で、芳洲は、自身の三教観を「三聖一致」という言葉で定

---

[18] 芳洲は三教に言及する際に、儒学者としての自身の立場をはっきり認識し、仏教・道教に関しては一定の距離を置いていた。そのことは、上記の引用中に「老釈の我が道に於けるや」と述べ、儒教と他教との彼我認識を見せており、三教の合一性を述べたあとにも「洛閩の罪人なり」などと反省めいたことを述べていることからも見受けられる。朱子学者として、仏道を肯定してしまったことになんらかの呵責を感じていたと考えられる。しかし呵責を感じながらも、その発言自体は撤回していない。また、「三教一法なり」とまでは言っていないと一線は画しているものの、三教間の連関性を意識していることは間違いない。

義しており、「三教一法」ではないと述べる。つまり、三教が合一性
をもち互いにつながりをもつと主張する際に、その根拠として三教
の教えや教理を軸とするのではなく、三教の聖人たちの間のつなが
りに芳洲は注目しているのである。前項で、芳洲が「荘子が孔子を
よく理解している」と考えていたことを指摘したが、これは、芳洲
が、儒教・道教において各々聖人とされる孔子・荘子の間のつなが
りを意識していたことをうかがわせる例である。

　芳洲は、孔子と、仏教の聖人・釈迦との関係についても類似した
見解をもっていた。

引用5

　老耼者虚無之聖者也。釈迦者慈悲之聖者也。孔子者聖之聖者
也。三聖人之言形而上也、不謀而同。蓋天唯一道、理無二致故
也。其言形而下也、則差矣。孔子後釈迦、殆将二百年、以孔子之
智、能知防風氏之骨、粛慎氏之矢。豈不知西方有仏者之教乎。其
所謂南方之強君子居之者直指仏也。列子以仏為西方之聖人而未
識其真。文中子以仏為西方之聖人、未必以孔子並称也。

　（老耼は虚無の聖者なり。釈迦は慈悲の聖者なり。孔子は聖の
聖者なり。三聖人の形而上を言ふや、謀らざるも同じなり。蓋し天
に唯だ一道、理に二致無き故なり。其の形而下を言ふや、則ち差へ
り。孔子、釈迦に後るること、殆ど将に二百年ならんとすれども、孔
子の智を以て、能く防風氏の骨、粛慎氏の矢を知る。豈に西方に仏
者の教有ることを知らざらんや。其れ所謂「南方の強、君子之に居
す」とは直ちに仏を指すなり。列子、仏を以て西方の聖人と為して未
だ其の真を識らず。文中子、仏を以て西方の聖人と為すも、未だ必

ずしも孔子を以て並称せざるなり。）

（『橘窓茶話』上）[19]

　上記の文では、老子・釈迦・孔子を、各々「虚無の聖者」「慈悲の聖者」「聖の聖者」と定義し、その関係を述べている。文中に「三聖人の形而上を言うこと、謀らざるも同じなり」と述べ、三聖人の教えに一致点があるように説いているが、具体的にどのようなことが一致するかは示していない。その代わり、下線部において「（孔子、）豈に西方に仏者の教有ることを知らざらんや」と述べ、「防風氏の骨、粛慎氏の砮」[20]など古代のことをよく知っている孔子が、二百年ぐらい前の釈迦のことを知っていたに違いないとする。「南方の強、君子之に居す」・「西方の聖人」とは、各々『中庸』・『列子』中の孔子の言説であるが、原典においてその対象を明示していないこの表現について、芳洲は、「仏」のことであると断定している。つまり芳洲は、孔子が釈迦のことを知っていただけでなく「南方の強」「西方の聖人」と称し理想的な存在として弟子たちに教えた、と理解していた。この理解には、『列子鬳斎口義』の林希逸の注が影響したと考えられる。次に、『列子鬳斎口義』の該当本文を挙げる。

　商太宰見孔子曰、丘聖者歟。孔子曰、聖則丘何敢。然則丘博学多識者也。商太宰曰、三王聖者歟。孔子曰、三王善任智勇者。聖

19）『雨森芳洲全書2芳洲文集』p.134
20）「防風氏の骨」と「粛慎氏の砮」はともに『国語』〈魯語〉を出典としており、孔子が古代のことを熟知していたことを示すものである。

則丘不知。曰、五帝聖者歟。孔子曰、五帝善任仁義者。聖則丘弗
知。曰、三皇聖者歟。孔子曰、三皇善任因時者。聖則丘弗知。商太
宰大駭曰、然則孰者為聖。孔子動容、有間曰、<u>西方之人有聖者焉</u>。
不治而不乱、不言而自信、不化而自行。（下略）

　（商の太宰、孔子を見て曰く、「丘は聖者か」と。孔子曰く、「聖は
則ち丘何ぞ敢へてせん。然れば則ち丘は博学多識なる者なり。」と。
商の太宰曰く、「三王は聖者か」と。孔子曰く、「三王は善く智勇に任
ずる者なり。聖は則ち丘は知らず。」と。曰く、「五帝は聖者か」と。
孔子曰く、「五帝は善く仁義を任ずる者なり。聖は則ち丘は知らず。」
と。曰く、「三皇は聖者か」と。孔子曰く、「三皇は善く時に因るに任
ずる者なり。聖は則ち丘は知らず。」と。商の太宰、大いに駭（おどろ）いて曰
く、「然らば則ち孰者（たれ）をか聖と為す」と。孔子容（かたち）を動かし、間（しばら）く有り
て曰く、「<u>西方之人に聖者有り</u>。治めずして乱れず、言はずして自ら
信あり、化せずして自ら行（おこな）はる」。〈下略〉）

（『列子鬳斎口義』巻之二「仲尼」第四）

　原典（『列子』）の本文において、孔子は、自身にはもちろんのこ
と、三王（夏・殷・周三代の聖天子）・五帝（黄帝・顓頊（せんぎょく）・帝嚳（ていこく）・
堯・舜）・三皇（伏犠・神農・黄帝）に対しても「聖者」の称を与え
ず、ただ「西方の人に聖者有り」と述べる。「西方の人」に絶大の敬
意を表しているわけだが、この本文に関する林注では、この「西方の
人」を「仏」つまり釈迦だと断定している。

<u>此章、似当時已有仏之学。托夫子之名而尊之也。西方之人、出
於三皇五帝之上、非仏而何</u>。然則、仏之書入於中国、雖在漢明帝之

時、而其説已伝於天下久矣。

　（<u>此の章、当時已に仏の学有るが似</u>^{ごと}<u>し。夫子の名に托して之を尊</u>
<u>ぶなり。西方の人、三皇五帝の上に於いて出ずるや、仏に非</u>^{あら}<u>ざれば何</u>
<u>ぞや</u>。然らば則ち、仏の書、中国に入ること、漢明帝の時に在りと雖
も、而も其の説、已に天下に伝はること久し。）

（『列子鬳斎口義』巻之二「仲尼」第四）

　下線部において、「西方の人は、つまり仏（釈迦）である」と断定
し、これを根拠に、孔子の時代に、すでに仏教が伝わっていたと述べ
ている。「西方の人」を釈迦とする芳洲の理解は、この林注からの影
響であると考えられる。冒頭で芳洲が『荘子』を林注で読んだこと
を述べたが、『列子』もやはり林注で読んでいたことが容易に想像で
きる。

おわりに

　以上のように、芳洲は、孔子が釈迦をよく理解しており、また、荘
子が孔子をよく理解しているとの認識をもっていた。そのような三
教の聖人間のつながりへの認識が、芳洲自身の三教合一論の基底
を成しており、そのことは、芳洲自らが自身の三教観を「三聖一致」
と定義したことからも確認できる。
　また、芳洲のそのような認識には、『列子』の林希逸注や蘇軾の
「荘子祠堂記」など、中国の文献が影響していた。

　今後は、芳洲の「三聖一致」という概念がどこからきているのか、また、それが当時（近世中期）の儒学者たちの認識と比べて特殊だったかどうかを検討する必要があるが、別の機会にゆずりたい。

第二節

雨森芳洲『橘窓茶話』中の
『田舎荘子』への賛辞の内実

はじめに

　佚斎樗山（1659〜1741）の『田舎荘子』（享保十二年刊）は江戸期
においてかなり大きな反響を呼んだらしく、『田舎荘子』の刊行後、
『面影荘子』（寛保三年）・『都荘子』（宝暦三年）をはじめとする、
『荘子』の思想や表現方法を盛り込んだ通俗的な読み物が続々と刊
行された。その先駆けとなった『田舎荘子』に肯定的な評価を与え
たものとして、先行研究において雨森芳洲の『橘窓茶話』中の文章
がよく挙げられる。庶民でも楽しめる通俗的な色合いを呈しなが
らも、荘子の真髄をうまく盛り込んでいることが、「醇儒」と知られ
る芳洲の賛辞を通して保障されるのである。

　ただし先行研究では、芳洲の『田舎荘子』への評価の内実に関し
ては述べられていない。管見のかぎりでは、芳洲が『田舎荘子』をほ

めたことを指摘する論考は、飯倉洋一氏[1]、福永光司氏[2]の論考など
数例を確認したが、その理由を考察した論考はなかった。「醇儒」
として知られる芳洲が高く評価するということは、『田舎荘子』の荘
子理解と、当時の正統派の儒学者の荘子理解との、共通するところ
が大きいということを意味する、と稿者は想定する。仮にそうだと
すると、芳洲が賛辞を送る理由がなにかを明らかにすることは、当
時の儒学者の荘子理解をより深く知ることにつながるだろう。そし
て、『田舎荘子』がやがて広く流布していく過程において、儒学的な
信念をもった人々に、どのように浸透していったのかを示す例にも
なるだろう。

一　『橘窓茶話』における『田舎荘子』言及

　先にも触れたように、芳洲の『田舎荘子』への言及は、『橘窓茶話』
に見える。次に、その原文（漢文）と筆者による読み下しを挙げる。

> 引用1
>
> 我昨夜看田舎荘子。真是知得荘子了。但不識其人果為如何。
> 故不可軽易引証耳。其人果能篤実又説出這箇話、雖不是中行也、
> 好道一個高明秀徹的人物。一部幾巻真是難得之書也。若是軽俊上
> 有這箇話、竟是不中用了。何謂篤実。曰、言忠信行篤敬。何謂軽

---

1)『佚斎樗山集』（国書刊行会、1988年）の解題。
2)『道教と日本文化』（人文書院、1982年）

俊。曰、如坂城俳諧家或京上作戯文的。形容人情説出世態、令人
嘆賞不已、彷彿乎風人之旨、惟其軽薄俊爽敗壊人心。縦是天花乱
墜也、供於一笑而已。

　（我れ昨夜、『田舎荘子』を看る。真に是れ『荘子』を識得したり。
但し其の人果して如何為るを知らず。故に軽易に引証すべからざる
のみ。其の人果して能く篤実にして又た這箇の話を説出せば、是れ
中行ならざると雖も、道を好みて一個の高明秀徹的な人物なり。二
部幾巻真に是れ得難きの書なり。若し是れ軽俊上に這箇の話有れ
ば、竟に是れ中用ならざりぬ。何をか篤実と謂ふ。曰く、言忠信た
りて行篤敬たることなり。何をか軽俊と謂ふ。曰く、坂城の俳諧家
或は京上にて戯文を作るが如きことなり。人情を形容し世態を説出
し、人をして嘆賞すること已まざらしめ、風人の旨に彷彿たれど、惟
だ其れ軽薄俊爽にして人心を敗壊す。縦ひ是れ天花乱墜すれども、
一笑に供するのみ。）

（『橘窓茶話』上）[3]

引用2

頃観田舎荘子。雖若俳諧、其中多精到語。此必一知道者所撰。
只不知其何姓何名何居住也。天下人孰不読書。然読書而能得書意
者、千百中難得一箇。田舎荘子亦云。
　（頃『田舎荘子』を観る。俳諧の若きと雖も、其の中に精到の語多
し。此れ必ず一知道者の撰する所なり。只だ其れ何れの姓・何れ
の名・何れの居住ならんことを知らざるなり。天下の人孰か書を読
まず。然れども書を読みて能く書意を得る者は、千百中一箇を得難

3）『雨森芳洲全書2 芳洲文集』（関西大学東西学術研究所、1980年）p.186

し。『田舎荘子』亦た云ふ。）

(『橘窓茶話』上)[4]

「真に是れ荘子を識得したり」「此れ必ず一知道者の撰する所なり」など、『田舎荘子』の著者が荘子を正しく理解していると評価している。正しい理解（厳密にいうと芳洲の理解と合致する理解であるが）のことを評価するのは、そのような理解がそう簡単には得られないことをも意味する。芳洲は、引用2の後半部において「書を読みて能く書意を得る者は千百中一箇を得難し」と述べており、『荘子』を読むほとんどの人が『荘子』の「書意」を得られないことを述べているのである。

それでは、ほとんどの人は得ることができず、芳洲や樗山が得ている『荘子』の「書意」とはどのようなものであろうか。

二　芳洲と樗山の『荘子』認識における一致点

『田舎荘子』（享保十二年刊）には、「荘子大意」と題する文章が収録されている。「林希逸が云、荘子を見るものは、別に一双眼をそなへてみるべし」で始まるこの文章は、『荘子』を読む際の注意点を記したもので、作者の樗山自身の『荘子』観を窺える資料でもある。ところで、「荘子大意」中にも、『荘子』の読者が、その「書意」を

---

4)『雨森芳洲全書2 芳洲文集』p.186

間違えてとる可能性があることが述べられている。

　　引用3

　中庸曰、「文武之政、布在方策。其人存則其政挙、其人亡則其政
息（文武の　政　布いては方策に在り。其の人存するときは則ち其の
政挙ぐ、其の人亡ぶるときは則ち其の政息む）」、又曰、「礼儀三百威
儀三千、待其人而後行。苟不至徳至道不凝（礼儀三百威儀三千、其
の人を待ちて後行ふ。苟くも至徳ならざれば至道凝まらず）」。是に
よってみれば、其真を得ざる時は、礼楽刑政も糟粕のみ。荘子が論
ずる所の仁義は、仁義の迹也。<u>荘子を読む者、徒に其高遠を悦び、
其荒唐の説になづみ、其過論を真とせば、荘子の本旨を失ふのみな
らず、大道を誤り</u>、後世に荘子出て、又荘子を破せん。只聖学の大意
を知て、後、荘子を読まば、大に執滞の情を解、心術に益あらん。

　　　　　　　　　　　（「荘子大意」『田舎荘子』〈享保十二年〉）[5]

　引用2の末尾では書意を得る読者がほとんどいないことを指摘し
たうえで、「『田舎荘子』亦た云ふ」と述べた。『田舎荘子』にも同じ
指摘が含まれているということだが、上記の引用3の下線部におい
て、樗山は『荘子』を読む際に陥りやすい誤読のパターンとして「徒
に其高遠を悦び、其荒唐の説になづみ、其過論を真と」することを
提示する。その結果として「荘子の本旨を失ふのみならず、大道を
誤」ってしまうわけだが、まちがった読み方の一つである「過論を真

5)『田舎荘子 当世下手談義 当世穴さがし』（新日本古典文学大系81、岩波書店、
　1990年）p.52

と」することは、その前半部に示されている。

引用4

　林希逸が云、「荘子を見るものは、別に一双眼をそなへてみるべ
し。語孟の文字を以、此書をみることなかれ」といへり。其論、常に
一層一層よりも高く、理の至極をいひつめて、無為自然に至てやむ。
其意におもへらく、道は言語を以尽すべからず。故にをのれがいふ所
も、亦道の尽る所にあらずとおもへり。是レ荘子が狂見の広大なる
所也。世を矯俗の眠りを惺さむがために、常に過当の論おほし。或
は五帝三王、周公、孔子を毀りて、当世の儒者、聖人の真を不知、徒
に其礼学仁義の迹になづみ、聖人の糟粕を貴むで、道とすることを憤
り、礼楽仁義聖人ともに打やぶりて、道の極りなき事を論ず。荘子、
実に聖人を不知にはあらず。堯舜孔子を毀るは、実に堯舜孔子を貴
ぶ也。今の儒者の貴ぶ所は、堯舜孔子の迹なり。其形迹の堯舜孔子
を打やぶりて、真の堯舜孔子をあらはさむため也。末の天下の篇に
おゐて、荘子が実の見所を観べし。只、東坡のみ、荘子が実に孔子を
貴ぶことをしれり。

（「荘子大意」『田舎荘子』）[6]

　つまり、「過論」とは、あるいは堯・舜や孔子を毀ったり、あるいは
仁義礼楽や聖人を打ち破るといった、（儒学的な観点からみて）意
外で極端な内容のことだが、それらは、「眠りを醒ますため」の装
置であって、その行間を注意深く読み取る必要があると樗山は述べ

---

6) 前掲注5 p.50

る。「荘子、実に聖人を知らざるにはあらず。堯舜孔子を毀るは、実に堯舜孔子を貴ぶなり」と、『荘子』中に堯・舜・孔子らを毀る内容があるものの、実は荘子は堯・舜・孔子らを尊敬していると説明する。そして、「只、東坡のみ、荘子が実に孔子を貴ぶことをしれり」と、宋代の文人・蘇軾の名をあげ、作者自身のそのような理解が蘇軾の論から影響されていることを示唆している。この蘇軾の論とは、「荘子祠堂記」（『荘子翼』に収録）に含まれた「余以て為く、荘子はけだし孔子を助くる者」という論理であり、『田舎荘子』のなかで樗山が何度も引用している林希逸の『荘子鬳斎口義』巻十にも挙げられている[7]。

　一致していた。つぎに、芳洲の『橘窓茶話』中の荘子に言及した文章をみてみよう。

> 引用5
> 又曰就此一段而観之、荘子可謂能知孔子者矣。東坡云於天下篇見之柳亦末矣。
>
> （又た曰く、此の一段に就いて之を観れば、荘子能く孔子を知る者と謂ふべし。東坡が云ふ、「天下の篇に於いて之を見る」と。柳亦た末なり。）
>
> 　　　　　　　　　　　　　　　　　　　（『橘窓茶話』上）[8]

　上記の文で、芳洲は「荘子、能く孔子を知る者」としているが、こ

---

7) そのことに関しては、前掲注5の脚注にすでに指摘されている。
8) 『雨森芳洲全書2 芳洲文集』p.133

れは、引用4の「荘子、実に聖人を不知にはあらず」という記述と合致するものである。なお、同じく、宋代の文人・蘇軾の名を上げている。「天下の篇に於いて之を見る」とは、蘇軾が「荘子祠堂記」において、『荘子』天下篇の内容を根拠にして荘子が孔子を為^{たす}けていると論じたことを述べる記述である。芳洲と樗山の、荘子に関する理解の共通点、さらに、そのもとになる典拠の共通点を示す例である。もちろん芳洲の場合「荘子が孔子を知る」ことまで述べているが、彼が言及する蘇軾の「荘子祠堂記」の主意が「荘子が孔子を暗に為^{たす}けており、孔子を貴んでいる」ことであるだけに、芳洲のその言葉は「荘子が孔子を肯定的に理解し、貴んでいる」ことまで意味するといってよい。

まとめ

　以上、芳洲が『田舎荘子』をほめる際に、どのような点を高く評価したかについて、『橘窓茶話』と『田舎荘子』の〈荘子大意〉の内容から考察した。その結果、芳洲は『田舎荘子』の作者・樗山が『荘子』を正しく理解していることを高く評価しており、その理解とは、『荘子』中に孔子・堯・舜・仁義礼楽を毀るという「過論」が含まれているものの、実は荘子は孔子を理解しており貴んでいるという認識であった。さらに、その理解の典拠が、蘇軾の「荘子祠堂記」になることも、両者の共通点であった。

　このような理解は、荘子思想が近世日本に広がる過程において、

儒教的な観念からの抵抗感を軽減させたものと思われ、荘子が力強く伝播していく要因の一つに数えることができるだろう[9]。そして、両者ともに蘇軾の荘子論からの影響されていたことは、他の知識人にも、蘇軾の論が広まっている可能性を示唆するものである。これに関しては、それが蘇軾の「荘子祠堂記」そのものの影響なのか、それとも林希逸『荘子鬳斎口義』を経由しての影響なのかを含め、更なる考察が必要であろう。

　論証の段階上、前後するが、最後に芳洲が意味する『田舎荘子』とは、『田舎荘子』・『田舎荘子外篇』・『田舎荘子雑篇』中、どれなのかについて触れておく。『田舎荘子』と『田舎荘子外篇』はともに享保十二年（1727）に刊行されたものであり、『田舎荘子雑篇』は、その初版が寛保二年（1741）とされる[10]。『橘窓茶話』の成立時期は定かではないが、水田紀久氏[11]によれば、「芳洲みずからが申し送った草稿に、延享四年（1747）十月、翠巌承堅が序文を草したこと」を指摘した上で、その時期に草稿ができあがったとしている。延享四

9) 中国と国境を接している隣国朝鮮にも、早くから『荘子』が伝わり、広く読まれてはいたが、朝鮮の文人たちは『荘子』に対してある程度距離感をおいており、そのことは、天和二年（1682）来日した通信使たちのつぎのような筆談からも確認できる。「任處士問曰、貴邦尊宗朱文公則排老荘之言乎。滄浪曰、凡為儒者莫不法孔孟而尊程朱。至於老荘之学則只取其格言而已。（任處士問ひて曰く、貴邦朱文公を尊宗せば則ち老荘の言を排するや。滄浪曰く、凡そ儒者たる者、孔孟を法りて而して程朱を尊ばざる莫し。老荘の学に至らば則ち只だ其の格言を取るのみ。）」（『韓使手口録』天和二年成立、写本、内閣文庫蔵）
10) 『佚斎樗山集』（国書刊行会、1988年）の底本に宝暦九年本の再板本が使用されているものの、その初板が寛保二年（1741）のものであることが、飯倉洋一氏の解題に推定されている。
11) 「『橘窓茶話』刊前刊後」（『近世日本漢文学史論考』汲古書院、1987年）

年（1747）は、『田舎荘子雑篇』の初板の刊行年（1741、推定）より六年遅れる年であり、『田舎荘子』・『田舎荘子外篇』の刊行年（1727）よりは二十年遅れる。つまり、芳洲は、『橘窓茶話』を執筆・編集する際に、時期的には、どの本も読んでいたとしても時間上の齟齬は生じない。ただ、本稿で分析した『橘窓茶話』の内容は、享保十二年刊の『田舎荘子』と共通点を見せており、芳洲の云う「田舎荘子」とは、享保十二年刊のものを指すと考えるのが自然であろう。

第三章

雨森芳洲を仲介にして為された
日朝間の文学交流

第一節

朝鮮通信使の日本漢詩批評
-『梅所詩稿』の申維翰序文をめぐって-

はじめに

　唐金梅所(1675〜1738。以下、梅所と略す。)は、泉州の大商人な
がら、漢詩人として、伊藤東涯・新井白石・雨森芳洲などの日本
の文人たちや正徳度・享保度の朝鮮通信使たちと幅広く交流し
た点で興味深い人物である。梅所に関する先行研究には、冠豊一
氏[1]・堀川貴司氏[2]の論考がある。冠氏は論文中に、新井白石や伊
藤東涯などの梅所への評価を紹介するが[3]、その中に享保四年の朝
鮮通信使・申維翰の『海遊録』の記述が挙げられている。冠氏は、
申維翰の文章を「雨森東によると泉南の文士唐金興隆なるもの奇

1)「新井白石と唐金梅所」(『日本歴史』165、1962年3月)・「続新井白石と唐金梅
　所」(『日本歴史』180、1963年5月)
2)「唐金梅所と李東郭」(『季刊日本思想史』第四十九号、1996年10月)
3) 冠氏は白石の梅所評価に関して、白石が『停雲集』の後編に梅所の詩を収録しよ
　うとしていた、とする。

才大名ありという。かれに托して余の批点を求めて来た。その私
艸には、観るべきものが多い。もって錚々佼々のたぐいとする」[4]と
要約し、梅所の文才が高かったことの証左としている。堀川氏もま
た同じ箇所を引用して、申維翰の『海遊録』中の梅所詩への評価の
語を紹介している。しかし、冠・堀川両氏の論文は人的交流に焦
点が当てられており、その評価に関する具体的な考察は行っていな
い。

　梅所が申維翰に批評を求めた「私艸」とは『梅所詩稿』（上巻）[5]の
草稿で、この詩集の序文として書かれた申維翰の文章が『附韓人
文』（刊本、享保四年成立）[6]に収録されている。『附韓人文』中の申
維翰の序文には、梅所の詩への評価が見られるが、通信使たちがど
のような観点から漢詩を評価するのかの基準を表すものとして、ま
た、通信使来日時に行われた漢詩唱和の内実を示す一例として、分
析する価値がある。

一　申維翰の「書唐金氏詩巻」（『附韓人文』）

---

4) 注1に示した前掲論文の後者。下線部は稿者による。以下も同様。

5) 大阪府立中之島図書館所蔵本がある。刊本、二巻二冊、半紙本、享保五年序。

6) 芳洲文庫本がある。刊本、半紙本、『廣隆問槎録』と合綴されている。『附韓人文』
は、享保度の朝鮮通信使が唐金梅所へ送った詩文を収録している。中には、申維
翰の「書＝唐金氏詩巻一」（二十二丁表）や姜栢の「唐金詩集序」（二十四丁表）も収
録するが、両文ともに、『梅所詩稿』上巻の梅所の詩句を一部引用している。よっ
て、同文は、『梅所詩稿』上巻の序文として書かれたものであることが分かる。また、
『附韓人文』は、『梅所詩稿』上下巻の附録として刊行されたものと考えられる。

『附韓人文』に収録された申維翰の序文には、申維翰が梅所の詩集に接した際のより詳しい経緯が示されている。次は、申維翰の序文「唐金氏詩巻に書す」の前半部である。

　　壬辰春、平泉趙侍郎自夫桑竣使帰、以白石詩草一編行于世。不佞嘗従芸圃得而誦之。謂是婉朗団円、已露唐人面目。而格韻之道者、時髣髴済南家。(中略)己亥秋、余遂応佐介之命随節而東。及到馬州、与雨森氏伯陽傾蓋而談風騒。伯陽於白石素有管鮑之驩、語娓々不置。且曰、「夫公病謝事家居。君今至東都、恨亡以相見。」余既悵然改色曰、「譬之三神山近輒風引去。奈吾縁薄何。」伯陽曰、「君之慕白石深矣。白石之所称有奇士唐金生、治文章、好哦詩。今取其一巻草来、可以侑君笑末。」

　　(壬辰の春、平泉趙侍郎、夫桑より使を竣（お）へて帰るに、『白石詩草』一編を以て世に行ふ。不佞嘗て芸圃より得て之を誦す。是れを謂ふに婉朗団円にして、已に唐人の面目を露す。而して格韻の道は、時として済南家に髣髴たり。(中略)己亥の秋、余遂に佐介の命に応じて節に随（したが）ひて東（ひがし）す。馬州に到るに及びて、雨森氏伯陽と蓋を傾けて風騒を談ず。伯陽、白石に於いて素より管鮑の驩有りて、語娓々として置かず。且つ曰く、「夫公病みて事を謝して家居す。君今東都に至るも、恨むらくは以て相見ること亡（な）からん。」と。余既に悵然として改色して曰く、「之を譬ふるに三神山近づきて輒ち風引き去るのごとし。吾が縁薄きことを奈何（いかん）せん。」と。伯陽曰く、「君の白石を慕ふこと深きなり。白石が称する所、奇士唐金生ありて、文章を治め、好く詩を哦す。今其の一巻の草を取り来りて、以て君が笑に侑むべきや末（いな）や。」と。)

（「書唐金氏詩巻」『附韓人文』二十二丁表）

　申維翰は、来日前から『白石詩草』を通して新井白石の詩に接し
ており、その優れた詩才に感服して「唐人の面目を露す」「時とし
て済南家に髣髴たり」などと評価した。「済南家」とは中国明代の
文人・李攀龍の出身地歴城が済南にあったことから、李攀龍を指
す。申維翰が李攀龍の名をもって白石を評価することに関しては
後に詳述する。

　申維翰は、その白石との対面を切に望んでいたが、白石が隠居し
ているため会えないということを知って残念がる。そこで、芳洲か
ら「白石が称する所の奇士」として梅所を紹介されている。ところ
で、『附韓人文』(版本)所収のこの序文は、同じく芳洲文庫所蔵の
『唐金氏宛申維翰詩文』写本)にも存し、版本における「白石之所称
有奇士唐金生」のところが、写本においては「白石之門有奇士唐金
生」となっている。この箇所において写本の文章が申維翰の原文と
一致すると断定するのは難しいが[7]、序文の後半部の内容を考慮す
ると、申維翰が梅所を「詩風において白石から大きな影響を受けた
人物」として理解していたことは間違いない。つぎは前の引用文の
つづきで、梅所の詩集に対する感想や評価を述べる内容である。

---

7)　この箇所以外の主要な差異としては、版本(『附韓人文』)において梅所の詩句
　が四例引用されるのに対し、写本(『唐金氏宛申維翰詩文』)では五例引用され
　る点が挙げられる。写本に載る五例の詩句は、版本に載る四例の詩句包含し
　ており、その点において、写本が版本より原文に近いと推定される。

　余驚謝、輙出而陳之、得近体若干、就其精華爽籟、徃々有奇思。即如「浄界隔雲金刹冷、高林礙日石楼寒」「寒汀独坐蘆花暮、明月相思桂樹秋」「敗荷声乱雨過渚、叢桂香濃風満楼」「間花墜地恨春鳥、澹月帯寒聴暁雞」等語、①出其上駟、以当古作者、可作長慶已下諸君子風調。種々神趣、色々天香、鋪則煙霞、秀則琅玕。藉令凌雲台材木、或時有軽重之偏者、要之不失為千金構也。②吾於是益信、唐金氏之瓣香、果在於白石。而敢問、③秦青之曲、尚有餘憾也否耶。昔|李獻吉|為詞林千古倡亡何而|七子|作矣。説者謂、陽阿之瑟、|北地|更張之、|歴下|鼓之、|琅邪|玉振之。更為我謝|白石|公。（下略）

　（余、驚謝し、輙ち出でて而して之を陳し、近体若干（稿者註：『梅所詩稿』巻上）を得るに、就ち其れ精華爽籟、徃々にして奇思有り。即ち「浄界雲を隔てて金刹冷え、高林日を礙りて石楼寒し」「寒汀独坐す蘆花の暮、明月相思ふ桂樹の秋」「敗荷声乱れて雨渚を過ぎ、叢桂香濃くして風楼に満つ」「間花地に墜ちて春鳥を恨み、澹月寒を帯びて暁雞を聴く」等の語の如きは、①其の上駟を出して以て古の作者に当り、長慶已下諸君子の風調を作すべし。種々の神趣、色々の天香、鋪くして則ち煙霞、秀にして則ち琅玕。藉令凌雲台材木、或いは時に軽重の偏有るも、之を要するに千金の構を為すを失せざるなり。②吾、是に於いて益す唐金氏の弁香、果して白石に在るを信ず。而して敢へて問ふ、③秦青の曲、尚ほ餘憾有るや否や。昔、|李獻吉|、詞林の千古の倡を為し、何くも亡くして而して|七子|作るなり。説く者謂ふ、陽阿の瑟、|北地|之を更に張り、|歴下|之を鼓し、|琅邪|玉もて之を振るふ。更に我が為に白石公に謝す。〈下略〉）

（「書唐金氏詩巻」『附韓人文』二十三丁表）

　下線部①の「出其上駟以当……」は、馬を競走させる際、自分の
持っている上等の馬を出して勝負することであり、明・王世貞の
『弇州山人続稿』に、「而此出其上駟以当黄公之下駟」（巻五八「開先
寺寶墨亭記」）という用例がある。つまり、「唐金梅所の詩は、上等
の馬を出して昔の作者に対抗するようなものだ」という意である。
これは、梅所の詩が「古の作者」の詩を意識して作られたものと判断
しての評価と考えられる。

　下線部②の「弁香」とは、ひとかけらのお香の意である。「弁香在
～（人名）」の形で、その人の詩文に影響を与えた人を示す。明・王
世貞の『弇州山人続稿』には、「今読足下集、序則賢金玉皆其門人
也、而弁香乃在子威（今足下〈稿者注：王小卿のこと〉の集を読む
に、序則ち賢金玉皆な其の門人なりて、而して弁香乃ち子威に在
り」（巻二百七「答王少卿」）とある。申維翰は、梅所の詩文が白石
の影響を受けていると判断しているのである。

　白石の詩を高く評価した申維翰は、梅所の詩集からも白石の影
響が感じられるとしているが、白石と梅所の漢詩において共通する
要素とは何だろうか。カギになるのは、評価の言葉に表れる、中国
明代の詩人たちの名前である。

　下線部③の「李獻吉」とは、中国明代の詩人李夢陽（1472～1529）
のことで、彼は「文は秦漢、詩は盛唐」と唱え、文学の制作において
必ず古典を典型とすべきことを主張する古文辞運動[8]の提唱者であ

8) 吉川幸次郎氏は、『元明詩概説』（岩波文庫、2006年、p.203）の中で、古文辞運動
　を次のように定義する。「古代的な強烈な文学の再現を目標とし、文学の製作
　は必ず古典を典型とすべきこと、典型と古典は最も中心的なものに限らるべき

る。「七子」とは、古文辞派を代表する前七子あるいは後七子のことである。「北地」はまた李夢陽、「歴下」は古文辞派の後七子と呼ばれた李攀龍（1514〜1570）[9]、「琅邪」は李攀龍とともに古文辞派後七子の中心人物として知られた王世貞（1526〜1590）[10]のことである。つまり下線部③は、古の優れた詩風が、復古主義を唱えた明の李夢陽や李攀龍などの詩人に受け継がれ、さらに日本の白石がそれを継承しているという意味になる。

　下線部①の「其の上馴を出して以て古の作者に当り」及び白石詩

___

こと、具体的には、散文は「史記」を中心とする西紀前「秦漢」の文章、詩は杜甫を中心とする八世紀「盛唐」の詩、あるいは副次的には西紀直後の「漢魏」の詩、それのみを排他的に典型として祖述すべきであり、それ以外の過去の文学は邪道として排撃すべきこと、ことに宋人の詩文は唾棄すべきこと、更にまた制作の方法としては、かく排他的に選ばれた典型と自己との、完全な合致であるべきこと、合致は、用語、措辞ばかりでなく、内容となる感情の形態においてもそうであるべきこと、それらを主張とする。」

9)「北地」「歴下」に関しては、たとえば、朝鮮の文人の許筠（1569〜1618年）の「明四家詩選序」に、つぎのような用例がある。

明人作詩者。輒曰吾盛唐也。吾李杜也。吾六朝也。吾漢魏也。自相標榜。皆以為可主文盟。以余観之。或剽其語。或襲其意。俱不免屋下架屋。而誇以自大。其不幾於夜郎王耶。弘正之間。光嶽気全。俊民蔚興。時則北地 李夢陽 立幟。信陽 何景明 嗣筏。鏗鏘炳烺。殆与李唐之盛。爭其銖累。詎不韙哉。流風相尚。天下靡然。遂有体無完膚之誚。是模擬者之過也。奚病於作者。歴下生 李攀龍 以卓犖踔厲之才。鵲起而振之。吳郡 王世貞 遂繼以代興。岳峙中原。傲睨千古。直与漢両司馬爭衡於百代之下。呼亦异哉。之四鉅公。実天畁之以才。使鳴我明之盛。其所制作。具参造化。足以耀後来而軼前人。夫豈与標榜窃襲者。幷指而枚屈哉。（下略）

（「明四家詩選序」『惺所覆瓿稿』巻之四）

10)「琅邪」に関しては、中国明末清初の文人・銭謙益（1582〜1664）の『列朝詩集小伝』に次のような用例がある。「万暦間、琅邪二美、同仕南都、為敬美太常官属。（「湯遂昌顕祖」『列朝詩集小伝』）。「二美」とは、王世貞（字・元美）と王世貞の弟である王世懋（字・敬美）との併称である。

を評価する部分の「唐人の面目を露す」も、李夢陽・李攀龍らの復
古主義、つまり詩において盛唐の詩を典拠とする主張と連関性が
ある言葉と考えられる。

　ところで、申維翰が白石・梅所を評するなかで、李夢陽・李攀
龍などいわば古文辞派の詩人の名前をあげることは、申維翰自身
が、李夢陽・李攀龍たちを肯定的に捉えていたことを表す。つぎに
引くのは、申維翰の詩文集『青泉集』の序文で、申維翰の門下生で
あった李瀷（イミ）(1725〜?)が認めた文章の一部である。

　　　翁早悦「山海經」「穆天子伝」。及得「弇山稿」読之。喟然有並駆
　　　之意。詩亦以李于鱗為準。尤力於「楚辞」。読之千万遍。
　　　（翁〈稿者注：申維翰〉早くして「山海経」「穆天子伝」を悦び、「弇
　　　山稿」を得るに及びて之を読み、喟然として並駆の意有り。詩は亦た
　　　李于鱗を以て準と為し、尤も「楚辞」に於いて力（つと）みて、之を読むこと
　　　千万遍。）

　申維翰が詩において李攀龍を模範としていたと、弟子であった
李瀷（イミ）は述べる。これは、申維翰が読んだという「弇山稿」の影響だ
ろうか。「弇山稿」とは、李攀龍とともに古文辞派後七子と呼ばれ
た王世貞の「弇州山人四部稿」もしくは「弇州山人続稿」のことであ
る。申維翰が同書の影響を強くうけていることは、さきにみた「上
駟を出して以て古の作者に当り」や「唐金氏の弁香、果して白石に
在り」など、『弇州山人続稿』にみられる表現が申維翰の文章に使わ
れることからも窺える。

二　『梅所詩稿』の考察

　それでは、梅所の実作において、申維翰が李夢陽・李攀龍の影響と捉えた要素は何であったのだろうか。

　申維翰が見た梅所の詩集は、『梅所詩稿』（享保五年序）という題で刊行されるが、この本には江戸中期の僧侶で漢詩人の大潮（1678〜1768）の批点が載る。大潮の批点には、所々、申維翰の評語が引用される。おそらく大潮は、申維翰の批点が打ってある草稿本を参照しながら、自身の批点作業に臨んだと推測されるが、次はその一例である。

　　　○哭篤所北君　　　篤所北君を哭す
　　　文星一夕黯無光　　文星　一夕　黯として光無く
　　　夢繞青山恨更長　　夢　青山を繞（めぐ）りて恨み更に長し
　　　泗水源流空絶響　　泗水（しすい）の源流　空しく響を絶ち
　　　茂陵遺草已余芳　　茂陵の遺草　已に芳を余す
　　　金茎夜滴霄間露　　金茎　夜に滴（したた）る　霄間（しょうかん）の露
　　　宝剣秋懸隴上霜　　宝剣　秋に懸る　隴上の霜
　　　蕭瑟悲風千里外　　蕭瑟（しょうしつ）たる悲風　千里の外
　　　海天月落樹蒼々　　海天月落て（つきおち）樹蒼々
　　　上皇聞先生之名屢有天賜第五句故云

（『梅所詩稿』巻上　七丁裏）

　上記の詩は、北村篤所（1647〜1718）の死を哀悼する作品で、篤所

が亡くなった享保三年七月以後の作であろうが、この詩の頸聯(第五・六句)には次のように申維翰の評価が引用されている。

申維翰云、「此頸聯的是于鱗語」。韓人有眼。
（申維翰云く、「此の頸聯的に是れ于鱗の語なり」と。韓人眼有り。）

　申維翰は、頸聯はまさに于鱗の語と述べ李攀龍の影響を示唆しており、これを引用した大潮自身もその評価を首肯している。
　頸聯のうち、第五句は、漢の武帝が承露盤を作って露を集め、自らの仙薬をつくるための材料としたという故事(『後漢書』)を踏まえる。「金茎」は、この承露盤を支える銅柱である。また、第六句は、晋の武将陳安が、隴上(西方の辺境地帯、現在の甘粛省)において劉曜と闘った際、左手に七尺の大刀、右手に丈八の蛇矛を持ち、壮士数十名とともに奮戦した故事を踏まえる[11]。すなわち、この詩の第五句目では「夜にそびえ立つ金茎より天上の露が滴る」と述べ、高雅な雰囲気を醸し出している。また、第六句目では、「秋になると早くも壮士の宝剣に霜がかかっている」と詠い、壮士の勇壮な様子を、西方の辺境地帯の自然と関わらせながら、スケールの大きな描写をしようとしている。
　こういった、高雅、雄大な表現を重んじる詩のあり方は、李攀龍ら古文辞派の詩人たちが模範とした盛唐詩の一特徴であり、その

11) 陳安の勇敢な戦いぶりは楽府「隴上歌」によって讃えられている。

点において申維翰は、梅所の詩が李攀龍たちの影響を受けていると判断したのだろう。

　なお、この「金茎」の語に関しては、「上皇、先生の名を聞きて、屢ば天賜有り。第五句故に云ふ」と自注が付されている。つまり、北村篤所が上皇から天賜をいただいていたことを「金茎」の故事で表現しているのである。「金茎」の語は杜甫の「秋興」にも見えるが、ここにおける用法は、中国晩唐の詩人李商隠の「漢宮詞」に想を得たものであろう[12]。

　　　青雀西飛竟未廻　　青雀西に飛んで竟に未だ廻らず
　　　君王長在集霊台　　君王は長に集霊台に在り
　　　侍臣最有相如渇　　侍臣　最も相如の渇有れども
　　　不賜金茎露一杯　　賜わらず　金茎の露一杯

　　　　　　　　　　　　　　　　（『唐詩選国字解』〈安永九年刊〉）

　この詩は、漢の武帝が自分の不老長生の術を求めながら、臣下の司馬相如の「消渇の病」のためには金茎の露一杯も賜わないことを詠って、作者の時代の天子・唐の武宗を暗に批判した詩である。この「金茎」という言葉の使用からも、明代古文辞派の詩風が想起されたのではないだろうか。李攀龍の詩文集である『滄溟集』には「金

12) 「金茎」に関しては杜甫の詩句「蓬莱宮闕對南山、承露金茎霄漢間（蓬莱の宮闕南山に対し、承露の金茎霄漢の間）」（「秋興」第五）も当然意識されていると考えられるが、杜甫の詩句における「金茎」は宮殿の神秘的な雰囲気を形象するものとして描かれるだけであり、臣下に与えるという発想には、李商隠の「漢宮詞」の関与が欠かせないと考えられる。

「茎」が含まれた詩が十二首にものぼる[13]。それほど、李攀龍は「金茎」という語を、好んで自身の詩に用いていたのである。

　このほかにも、申維翰は、梅所の詩を評価する中で具体的な詩句に言及しているが、彼が挙げた詩句からも唐詩より題材や表現を取り入れた例が見出せる。つぎの詩は、申維翰が、評語の中で挙げた梅所の詩句「浄界隔雲金刹冷」の全文である。

○奉和白石先生卜居	白石先生の卜居に和し奉る
城東新築及秋残	城東の新築　秋残に及び
落慶遥思并二難	落慶遥に思ふ　二難[14]を并すること
浄界隔雲金刹冷	浄界　雲を隔てて　金刹[15]冷え
高林礙日石楼寒	高林　日を礙りて石楼寒し
青山白髪鏡中影	青山　白髪　鏡中の影
黄橘丹楓画裏看	黄橘丹楓　画裏に看る
勝地幽棲知不悪	勝地幽棲　悪からざることを知る
清泉分泒足芳蘭	清泉　泒を分ちて芳蘭足る

（『梅所詩稿』巻上　十二丁裏）

　上記の詩は、白石の「卜居」という詩に和韻したもの。第一・第二

---

13)「金茎」が含まれた李攀龍の詩には、「葉舎人」・「東元美」・「元日早朝」・「答宗考功齋居見贈」・「徐子與席懐梁公實」・「郡閣懐王徐二比部」・「苔元美病中見寄并示呉舎人」・「得元美兄弟書」・「皇太子冊立入賀」・「仲鳴蒲桃」・「少年行」(第二首)などがある。
14) 二難は二つの得難いもの。賢い君主とよい賓客。ここでは「よい主人とよい客」の意か。
15) 金刹は、僧寺(寺)の意。

句から、季節は晩秋で、新築を祝う内容であることがわかる。申維
翰が引用した第三・第四句は、「雲の彼方にあり、生い茂った高木
が日をさえぎって寒気さえ感じられる、寺院と石楼」を描写してい
るが、杜甫の「堂成る」に類似する表現がみえる。

杜甫〈堂成〉

背郭 堂成 蔭白茅	背郭　堂成りて白茅蔭はる
縁江路熟俯青郊	縁江　路熟して青郊に俯す
橙林礙日 吟風葉	橙林　日を礙ぎりて風に吟じる葉
籠竹和煙滴露梢	籠竹　煙に和し露を滴らす梢
暫止飛鳥将数子	暫く止まる飛鳥は数子を将ゐ
頻来語燕定新巣	頻りに来る語燕は新巣を定む
旁人錯比揚雄宅	旁人錯って比す　揚雄が宅
懶惰無心作解嘲	懶惰にして解嘲を作るに心無し

(『杜詩註解』〈和刻本、元禄六年刊〉巻二)[16]

　上記の詩は、堂ができあがったことを詠じた作で、第三句は「生
い茂ったはんの木が日光をさえぎっているなか、風にゆれる葉っぱ
の音が涼しげに聞こえる」という情景を詠っている。梅所詩も、杜甫
詩も「新築」をモチーフにしている点、「木々に日光がさえぎられて
いる涼しげな情景」が描かれる点などで一致している。
　つぎの詩は、申維翰が挙げた梅所の詩句「敗荷声乱雨過渚」の全
文であるが、この詩からは、中国晩唐の詩人許渾の詩句と一致する

---

16)『和刻本漢詩集成』第二(汲古書院、1975年)による。

語句がみえる。

　　○予前奉和白石先生依都蠡湖詞兄韻之作余興未尽再成呈先生
　　兼寄湖詞兄
　　　予前に、白石先生の都蠡湖詞兄の韻に依るの作に和し奉るも、余
　　興未だ尽きず。再び成して先生に呈し、兼て湖詞兄に寄す。
　　　　佳人高臥石林秋　　　佳人高く臥す　石林の秋
　　　　騒客空陪月夕愁　　　騒客空しく陪す　月夕の愁を
　　　　渓水武陵還可釣　　　渓水s10武陵　還た釣るべし
　　　　煙波彭蠡已同舟　　　煙波彭蠡[17]　已に舟を同くす
　　　　敗荷声乱雨過渚　　　敗荷声乱れて　雨渚を過ぐ
　　　　叢桂香濃風満楼　　　叢桂　香濃くして　風楼に満つ
　　　　独坐遥思今夜興　　　独坐　遥かに思ふ今夜の興
　　　　一時唱和薄元劉　　　一時の唱和　元劉[18]に薄るを

　　　　　　　　　　　　　　　　　　（『梅所詩稿』巻上　十丁表）

　　「敗荷」は、秋になって破れたはすの葉の意。「雨が降っている秋
の夜、池に浮いている蓮の葉より雨音がきこえており、そばに生い
茂っている桂の木々より風がふいてきて、その香りが楼閣をみたす」
という情景を詠んでいる。晩唐の詩人、許渾の詩に類似する表現が
みえる。

───────────────────

17) 彭蠡は湖の名。今の江西の鄱陽湖。
18) 元劉は、元稹（七七九〜八三一）と劉禹錫（七七二〜八四二）の併称。

咸陽城東楼

一上高城万里愁	一たび高城に上りて万里愁う
蒹葭[19]楊柳似汀洲	蒹葭楊柳　汀洲の似し
溪雲初起日沈閣	溪雲初めて起りて日閣に沈み
<u>山雨欲来風満楼</u>	山雨来らんと欲して風楼に満つ
鳥下緑蕪秦苑夕	鳥緑蕪に下る　秦苑の夕
蝉鳴黄葉漢宮秋	蝉黄葉に鳴く　漢宮の秋
行人莫問当年事	行人問ふ莫れ　当年の事を
故国東来渭水流	故国東来　渭水[20]流る

（『三体詩法』〈和刻本、明暦三年刊〉第三巻）[21]

　第四句は、今にも雨が降りそうな曇りのなかで風が吹いているさまを「風楼に満つ」と表現しており、梅所詩の第六句と類似している。

　以上でみたように、梅所詩に唐詩と類似する表現が含まれていることは、申維翰に李夢陽・李攀龍らの明代の詩人の影響を感じさせる一因になったと考えられる。

三　梅所の詩観における何景明の影響

ところで、梅所は実際にどのような詩観をもっていただろうか。

---

19) 水草の名。おぎと、あし。
20) 川の名。陝西省を東流し、滝関県で黄河にそそぐ。黄河最大の支流。
21) 早稲田大学図書館蔵本による。

申維翰は梅所の詩集を見ただけで、実際の対面は成し遂げていない。はたして、申維翰が評価したように、梅所は、李夢陽・李攀龍らの詩人の影響を受けていたのだろうか。この問題について参考となるのが、『梅所詩稿』の大潮の序文である。

　　　泉南唐金氏好里居。嘗通仕籍無所事々矣。又善病々輒不出応客。凡其所為詩、刻意古範、鋳形宿模、而独於四方諸名家者、則日益事交相酬往不休、然世之推窃求售、乃唐金氏弗屑焉。謂余曰、仏有筏喩言達岸則捨筏矣。興隆則際吾才之界汲汲然欲以達岸捨其津筏。意与象応、華与実称、持此伝海内之同調者、有一不唐而無再不唐乃足耳。(後略)

　　(泉南の唐金氏、里居を好む。嘗て仕籍を通して事を事とする所無し。又た善く病む。病めば輒ち出でて客に応ぜず。凡そ其の為る所の詩、意を古範に刻み、形を宿模に鋳る。而して独り四方諸名家なる者に於いて、則ち日び益(ますます)事として交はり相ひ酬往して休まず、然るに世の推窃して售はる(おこな)ことを求むるも、乃ち唐金氏、屑(いさぎよ)しとせざるなり。余に謂ひて曰く、「仏に筏の喩へ有り。岸に達すれば則ち筏を捨つるなりと言ふ。」と。興隆(康注：梅所のこと)則ち吾が才の界を際(きは)めて汲汲然として以て岸に達し其の津筏を捨てんと欲す。意ろは象と応じ(かたち)、華は実と称ひ(かな)、此を持して海内の同調なる者に伝へ(ここ)、一の唐ならざる有るも再び唐ならざる無くんば乃ち足るのみ。〈後略〉)

　　　　　　　　　　　　　　　　　　　(『梅所詩稿』大潮序)

　大潮は、梅所の詩を「凡そ其の為る所の詩、意を古範に刻み、形を

宿模に鋳る」と評価している。これは、詩の内容や形式において古
の詩を模範としていることを表現したものだが、李夢陽とともに中
国古文辞派の前七子と呼ばれた何景明の文集に同じ語句が見だせ
る。

　　空同子、刻意古範、鋳形宿鏌、而独守尺寸。
　　（空同子、意を古範に刻みて、形を宿鏌に鋳て独り尺寸を守る。）
　　　　　　　　　　　　　　　　（「与李空同論詩書」『大復集』）[22]

　空同とは李夢陽の号である。何景明が李夢陽の詩作方法につい
て述べたこの箇所は、盛唐の詩を模範とする、李夢陽の主張を端的
に表している。ところで、また何景明は同文の後半部で、優れた古
詩をただ模倣することに止まる当時の作詩の傾向を批判的に述べ
ている。

　　今為詩不推類極変、開其未発、泯其擬議之迹、以成神聖之功、徒
　　叙其已陳、修飾成文、稍離旧本、便自杌捏、如小児倚物能行、独趨
　　顛仆。雖由此即曹劉、即阮陸、即李杜、且何以益於道化也。仏有筏
　　喩、言舍筏則達岸矣、達岸則舍筏矣。
　　（今、詩を為るものは類を推して変を極めず、其の未発を開き、其
　　の擬議の迹を泯し、以て神聖の功と成し、徒に其の已に陳ぶるを叙
　　し、修飾して文を成し、稍旧本を離るれば、ち自から杌捏たりて、小
　　児の物に倚らば能く行ふも、独り趨らば顛仆するが如し。此に由り

──────────────

22）『影印文淵閣四庫全書』（台湾商務印書館、第一二六七冊）による。

て曹劉に即き、阮陸に即き、李杜に即くといへども、且に何を以てか
道化に於いて益あらんや。仏に筏の喩有り。筏を舎つれば則ち岸に
達し、岸に達すれば則ち筏を舎つると言うなり。）

（「与李空同論詩書」『大復集』）

　何景明は、「このごろの詩人は類推して変を極めない……ただ已
に述べられた旧作にやや修飾を加えて文を成し、すこしでもその作
品から離れれば不安になって、まるで幼い子供が物に依らずに走る
とすぐ転んでしまうことのようだ」と述べた。下線部の筏の喩は、湖
を渡るために使った筏がいくら役に立ったといっても筏を捨てずに
それを背負って道を進めるのはおかしいように、目的を果たすため
に有効に使った方法でもその目的を果たした後は果敢に捨てて次
の段階に臨むべきことを教える喩である。つまり、古の優れた詩を
模範にすることを方法として肯定しながらも、それに止まってしま
うことを警戒するのである。

　ところでこの筏の喩は、『梅所詩稿』の大潮の序にも「余に謂ひて
曰く、『仏に、筏の喩へ有り。岸に達すれば則ち筏を捨つるなりと言
う。』」と出ており、大潮が梅所から聞いた言葉として引用されてい
た。大潮自身が何景明の文章を読んでいることは、「刻意古範、鋳
形宿鏌」の表現から類推できるが、筏の喩に及んで梅所もやはり何
景明の文章を読んでいたと推定されるのである。もちろん、筏の喩
はその元の典拠を仏書にたどることができるが、詩論を説く際に用
いている点において何景明の文章を参照した蓋然性は高いと言え
る。

　李夢陽とともに古文辞派の前七子と呼ばれた何景明の詩観は、李夢陽のそれと一致するものではないが[23]、古の詩を模範とすることを有効な方法と捉える点において同じ方向性をもっていた。梅所の詩作から、唐詩への志向性を感じ取った申維翰は、それが明朝の李夢陽・李攀龍らの詩の流れを汲むものとして評価したが、李夢陽とともに古文辞派前七子と呼ばれた何景明の文章を梅所が参照したことから、確かに明朝の復古主義者たちの影響を彼が受けたことが確認されるのである。

まとめ

　以上、享保四年の朝鮮通信使・申維翰が、唐金梅所の詩を評価した内容を、梅所の実作とともに考察した。考察の結果、梅所の詩が、唐詩の詩風や題材を自作に取り入れている点や、梅所のそのような詩を、申維翰が肯定的に捉えて中国明代の李夢陽・李攀龍ら、いわば古文辞派詩人たちの系譜の中で位置づけている点、また、そのことに申維翰自身が李攀龍の詩を模範としていることや梅所が何景明の文章を参照していたことが関係する点などを確認した。

　享保四年は、日本における古文辞学の先駆者と知られる荻生徂徠が、李攀龍・王世貞の著作を入手してから十四年目になる年で

---

23) 李夢陽と何景明の詩観の違いに関しては、例えば、中村嘉弘氏の「古文辞派と公安派―摸擬と創造」(『中国の文学論』汲古書院、1987年)において指摘されている。

あり[24]、朝鮮で「古文辞を創導した」と言われた尹根壽が李夢陽の
詩選集『崆峒詩』を刊行してから百三十九年が経った年である[25]。
朝鮮と日本は、中国の漢詩壇の影響をうけるという点で同様だが、
地理的・文化的な違いから、受け入れる時期や様相が変わってく
る。朝鮮通信使の来日時になされる、日朝の文人たちの漢詩交流
は、その違いが克明にみえる機会になるのではないだろうか。今回
の調査では、日朝間の詩壇の比較にまではいたっていないが、さら
なる調査を通して両詩壇の違いや中国の詩壇の影響を受ける上で
の違いを明らかにしていきたい。

---

24) 揖斐高『江戸詩歌論』(汲古書院、1998年) p.18
25) 『崆峒詩』は1580年に刊行された。金愚政「宣祖年間の文風の変化と壽序」(『東
    方漢文学』47、2011年)による。

第二節
雨森芳洲文庫蔵『三宅滄溟筆談集』の考察 −三宅家三代の通信使接応時の類似性を中心に−

はじめに

　徳川家康により江戸に幕府が開かれてから十二回にわたって為された朝鮮通信使使行は、日本に少なからぬ反響を呼び、その通信使たちとの交流を熱烈に願う人たちさえ出てきた。新井白石が天和二年の通信使・成琬（号は翠虚。製術官）、洪世泰（号は滄浪。副使裨将）から序跋を得たことをもとに木下順庵門下に受け入れられたことや[1]、祇園南海が正徳元年の通信使たちとの交流で活躍したことをきっかけに藩儒に復帰できたことなど[2]を勘案すると、とく

---

1) 『先哲叢談』巻五、源君美の条に、「白石与対馬西山健甫〈名ハ順泰〉為旧友、年十六録所作詩一万首、因健甫求韓客為之評、則客請而接見、遂作序褒揚之、後入木下順庵門健甫又為之介」とある。その他、新井白石と天和度の通信使との関係について、李元植「新井白石と朝鮮通信使（白石詩草）」（『季刊日本思想史第四十九号』ぺりかん社、1996年）に詳しい。

2) 『逢原紀聞』に「祇園与市、京都ノ人ナリ、甚放蕩ニテ、其比若キ者ノ侠客ノ如ク

に、日本の儒者や文人の中で通信使たちとの交流が自分の身を立てる好機としても認識されていたことが容易に想像される。鈴木健一氏は、「李東郭の詩二題」という論考の中で、「日本の詩人たちにとってこの通信使との贈答は、実力を試すという実技的なレベルと、名声を得るという処世的なレベルの両方において、一流詩人への階梯の一つと捉えられていた」[3]と述べた上で、李礥（号は東郭。正徳元年通信使製述官）と漢詩唱和を行った山県周南が、東郭から称賛されたことを理由に荻生徂徠からも認められた例を挙げている。

　ところで、朝鮮からの異国の文士と交流することは、かなりの注意を要することでもあっただろう。漢詩や儒学の素養を備えることはさることながら、通信使たちの価値観や筆談の際に好まれる話題等についても事前に熟知する必要があった。朝鮮通信使たちと日本の文人の間には、儒学という思想的な共通点はあるものの文化や立場において大きい差異が存在していた。徳盛誠氏は「唱和の世界の成り立ち—『鶏林唱和集』中の唱酬より」の中で、通信使たちと日本の文人が唱和をする際に、「両者の関係を対等なものとみなすことはできない」と述べた上で、「社会的な地位」と「教養」の上で

党ヲナシ、白無紋ノ帷子ヲ着シ、近隣ニ婚姻等ノ事アルトキ、彼党ヘ前日ニ届ケオカザレバ大ニ害ヲナシ、途中ニテ乗物ノ中ヨリ新婚ノ女ヲ引出シナドシテ戯レシトナン、其ノ頭ハ与市ナリト云、右ノ通ノ事故、御暇ニナリケルガ、其後朝鮮人来聘ノ事有リシニ、其節帰参ニナリシト云ヘり」とある。その他、祇園南海と正徳度の通信使たちとの交流については、李元植『朝鮮通信使の研究』（思文閣、1997年）に詳しい。
3) 鈴木健一「李東郭の詩二題」『季刊日本思想史第四十九号』、（ぺりかん社、1996年）p.4

不釣り合いがあったと指摘している[4]。具智賢氏も、「十八世紀初、朝日文士の身分的特性による筆談交流の分化様相について」という論考のなかで、朝鮮と日本の文士たちの差異に言及している。具氏は、「朝鮮の文士は漢文で文章を作り文学作品である詩を作るといっても、基本的には官吏の性格をもっていた」のに対し、「日本の儒官は、藩や幕府に属した漢文知識の担当層であった」と述べた上で、筆談交流の際にも、朝鮮通信使は「交隣」や「偵察」という「王命の遂行」をつねに意識せざるを得なかったのに対して日本の文士たちは「学術的な討論と知識の伝授を期待していた」と、両国の文士たちが違う目的や態度をもって臨んでいたことを指摘している[5]。

このように位相や文化の異なる両国の文士たちが集まって交流

---

4) 徳盛誠「唱和の世界の成り立ち―『鶏林唱和集』中の唱和より」『季刊日本思想史第四十九号』(ぺりかん社、1996年) p.53
5) 該当箇所の日本語訳を下記に載せる(原ハングル、日本語訳は筆者による)。
「一七一一年、日本文士の数的な増大によって朝鮮文士が接する日本文士の層位は多様になった。この時期、両国の文士たちは、試行錯誤の中で、互いに探索し対話の方式を決定していった。ここに一番大きい要因として作用したのが、両国文士の異質的な身分的性格であった。科挙を通して官僚を選抜した朝鮮と、武家が官職を世襲する日本は、儒者の身分的性格が、胎生的に違っていた。通信使として派遣される朝鮮の文士は漢文で文章を作り文学作品である詩を作るといっても、基本的には官吏の性格をもっていた。しかし、彼らと会った、日本の儒官は、藩や幕府に属した漢文知識の担当層であったために知識人に近い存在であった。したがって、文章を通して為そうとする目的も違った。朝鮮の外交官僚は、日本文士と、文章を通して交流することで、交隣という外交的目的を達成しながら、同時に、偵察という、また違う任務を遂行しなければならなかった。日本の文人たちの唱酬に誠実に応じる態度は、文人の姿ではなく王命を遂行する官僚の態度である。しかし、日本の文士は専門的な知識を扱う階層であったために朝鮮文士にも学術的な討論と知識の伝授を期待したものとみられる。」
具智賢「十八世紀初、朝日文士の身分的特性による筆談交流の分化様相について」『朝鮮後期通信使筆談唱和集翻訳叢書8』(宝庫社、2013年) pp.276〜277

する際に、筆談を思うように運ぶためには、事前に相手を把握しておくことが必要になってくる。朝鮮通信使との筆談唱和集が数多く刊行されたことには、通信使との交流で所期の成果を挙げた個人や門派の誇示という側面に加えて、これから迎える通信使たちにどのように接するべきかを知りたいという、日本の文人たちの必要の側面もあった。

　それでは、日本の文人たちは、どのように、先人の通信使たちとの交流の経験を生かしていったのだろうか。筆者は、雨森芳洲文庫蔵『三宅滄溟・朝鮮通信使一行詩文筆談集』(以下、「三宅滄溟筆談集」と称す)を通して、その一例を考察する。本筆談集は、滄溟の祖父の代から三代続けて各々朝鮮通信使と交流した三宅家のことを窺わせる興味深い資料であるが、この資料を中心に論じた論考を、筆者は知らない。本稿では、『三宅滄溟筆談集』を、互いに関連性をもつ『海游録』(享保四～五年ごろ成立)・『和韓唱酬集』(天和三年刊)と比較検討した上で、三宅滄溟が、先代の通信使との交流の経験をどのように生かしたかを考察する。

一　『三宅滄溟筆談集』と『海游録』中の三宅滄溟関連記述

　『雨森芳洲関係資料調査報告書』[6]には、『三宅滄溟筆談集』の

---

6)『雨森芳洲関係資料調査報告書』(滋賀県教育委員会編、1994年)

書誌情報を以下のように記している（下線は筆者による。以下同じ）。

　　二七・五×一九・〇、五六紙、楮紙、袋綴冊子装、竪帳、縒仮綴、
　三宅滄溟他作、原作正徳元年
　　（原表紙）本紙共紙
　　（原表紙外題）文集
　　（印記）印九　二面　原表紙他、印一一　三面　原表紙他
　　（備考）原表紙に「三宅先生播磨人／名直棟　字居中」（貼紙）、
　「三宅先生筆」（付箋）、「雨森」（各二橋筆）
　　三宅滄溟（直棟）と正徳通信使一行との詩文筆談の浄書稿。毎
　半葉十行、行二十字に記し、句読は施されていない。三使はじめ書
　記等と正徳元年（一七一一）暮に江戸で交わされたもので、滄溟（居
　中）・石屏兄弟は自己や師友を文章で紹介し、また「愛蘭堂記」や愛
　蘭詩を韓客に請うている。[7]

　つまり、『三宅滄溟筆談集』は、正徳元年、三宅滄溟・石屏兄弟
が朝鮮通信使たちと交わした筆談唱和を記録した写本であるが、
筆者の調査によれば、上記の情報のうち、「五六紙」は「五七紙」に、
「江戸で」は「大坂で」に修正すべきである。それについては後述す
る。
　　本書の構成としては、大きく「前集」（一丁表〜二十九丁裏）[8]

7)『雨森芳洲関係資料調査報告書』（滋賀県教育委員会編、1994年）p.77
8) 原本には丁数の記載がなく、「〜丁」とは筆者が附したものである。

と「後集」（三十丁表～五十七丁表）とに分かれており、その前集・後集別に筆談時期を示した箇所を挙げると以下のようである。

〈前集〉

一丁表「辛卯季秋下澣　滄溟三宅直棟謹稿」

（趙泰億〈号は平泉。正使〉に宛てた詩文）

二丁表「辛卯杪秋下澣　滄溟三宅直棟謹稿」

（任守幹〈号は靖菴。副使〉に宛てた詩文）

二丁裏「辛卯晩秋下澣　滄溟三宅直棟謹稿」

（李邦彦〈号は南岡。従事官〉に宛てた詩文）

三丁裏「辛卯菊月中浣　滄溟三宅居中稿」

（李東郭に宛てた詩文。末尾に「滄溟未面学士先寄此詩」とある）

十二丁裏「辛卯菊月　鏡湖」

（洪舜衍〈号は鏡湖。書記〉が滄溟の詩に次韻した詩。筆談中のもの）

二十六丁表「所約之菊花数朶添以一樽聊助客中之秋（中略）辛卯季秋」

（菊数枝と酒を送る際にともに送った書簡の文章）

二十七丁裏「歳重光軍閼菊秋下浣　鏡湖散人洪命九」

（滄溟が送ってくれた菊と酒について感謝する内容）

〈後集〉

三十丁表「辛卯杪冬中浣　滄溟三宅居中拝稿」

（滄溟が趙平泉に宛てた詩）

三十丁裏「辛卯季冬中浣　滄溟三宅居中拝稿」

（滄溟が任靖菴に宛てた詩）

三十一丁表「辛卯臘月中浣　滄溟三宅居中拝稿」

（滄溟が李南岡に宛てた詩）

三十一丁表「辛卯臘前三日　南岡稿」

（南岡が滄溟の詩に次韻したもの）

三十二丁裏「辛卯晩冬　滄溟三宅直棟具稿」

（滄溟が三使に宛てた詩文「愛蘭佳製」などの文への感謝。）[9]

三十四丁裏「従事西帰又到旧舘則滄溟伯仲衝夜来訪再続旧遊」

（李東郭の文。江戸からもどった通信使一行、滄溟と夜に再会する。）

三十八丁裏「辛卯臘月　滄溟三宅居中謹稿」

（滄溟が南聖重〈号は泛叟。書記〉「志感」詩に次韻したもの）

四十三丁表「辛卯臘月中澣　滄溟三宅居中稿」

（滄溟の南泛叟への留別詩）

※四十三丁表までが、夜の再会。四十四丁表の内容から石屏だ
　けが会合し、その後芳洲を通して詩文のやりとりしていたこと
　が窺える。

※四十九丁表より、「愛蘭堂記諸作」を収録。

　五十四丁表「歳辛卯季冬上浣　東韓龍湖厳子鼎」（厳漢重〈号
　は龍湖。書記〉の「愛蘭堂記」）

※五十六丁表より、滄溟と奇斗文（医員）との筆談。

　上記の引用で分かるように、〈前集〉は「辛卯晩秋下澣」、つまり正
徳元年（1711）九月下旬になされた筆談交流を収録しており、江戸
に向かっていた通信使たちが大坂に滞在しているときに為された筆

---

9) これが「愛蘭堂記」なのかどうかは不明確。その次の三十三丁表で「愛蘭堂
　記」が完成したかどうかをたずねているため。

談の記録である。〈後集〉は「辛卯臘月中浣」、つまり正徳元年十二月中旬あるいは、下旬（「臘前三日」）の記録で、江戸から帰途中に大坂に滞在している通信使たちのところに、滄溟が訪ねてきて交わした筆談を収録している。以下は、その時に李東郭が滄溟に向けて書いた文章である。

> 不縠曽過浪華、与諸詞伯頗得文酒之楽、而滄溟伯仲尤有眷眷不相舎之意。（中略）未幾不縠展向東武暌濶之懐迫不能自堪矣。終事西帰又到旧舘則滄溟伯仲衝夜来訪、再続旧遊。極以重逢為夢寐間事。
>
> 椊玗縠曽て浪華を過ぎ、諸詞伯と頗る文酒の楽を得、而して滄溟伯仲尤も眷眷として相ひ舎てざるの意有り。（中略）未だ幾くもなくして不縠東武に展向して暌濶の懐自ら堪ふあたはざるに迫ぶ。事を終へて西に帰へりて又た旧舘に到れば則ち滄溟伯仲夜を衝きて来訪し、再び旧遊を続く。極て重逢を以て夢寐間の事と為す。）

『三宅滄溟筆談集』三十四丁裏

「不縠」つまり李東郭が「浪華」を通る際に滄溟一行と交流したこと、その後「東武」に行ってからは会えないことが残念であったが（「展向東武暌濶之懐迫不能自堪矣」）、「西帰」つまり浪華の旧館に戻ると滄溟が夜に訪ねてきた次第などが記されている。この時の滄溟の訪問の目的は、九月の接応時に頼んだ「愛蘭堂」の詩文をもらうことであったようで、繰り返して詩文を催促している様子が描かれており、当該詩文は四十九丁表から収録されている。

　ところで、この三宅滄溟は、享保四年（1719）に製述官として来日

した申維翰（号は青泉）とも筆談を交わしており、そのことが、申維
翰の『海游録』に記されている。下記に関連箇所を引用する。

①摂津州文人三宅緝明号滄溟、以萍水集請序於余。而有書自通
曰、②僕弟茂忠号石屏、有故、未能奉候文壇。頃憑馬島之人、呈書
及萍水集於左右、需尊公作文以弁其首云。未知達否。自古貴国之
聘于吾邦也、寡君世預於館伴之事。③僕乃寡君麾下之故旧。以故
我祖考先人、皆得進退賓所、而堧篪於貴国之諸学士矣。祖考之於
朴螺山、先人之於成翠虚、観萍水集而後可知焉耳。往年辛卯之秋、
僕兄弟、扈従麾下、出入斯館、与李東郭諸公追随薫染、飽逍遥乎翰
墨之間。僕等自以為一生之奇歓、難再之事也。而今、邂逅尊公、厚
承青眄如此、則僕之於貴国搢紳先生、蓋非偶然。而古人所謂前縁
者、有存乎其間歟。何其奇哉。吾邦之人、托交於貴国諸学士者甚
衆。而至于三世相継、如僕兄弟者少矣。（中略）④而辛卯之歳、求
愛蘭堂記文於李学士諸公、諸公未嘗拒之、欣然下筆。（下略）

（①摂津州の文人三宅緝明号滄溟、『萍水集』を以て序を余に請
ふ。而して書の自ら通ずる有りて曰く、「②僕の弟茂忠号石屏、故有
りて、未だ能く文壇を奉候せず。頃ろ馬島の人に憑りて、書及び『萍
水集』を左右に呈し、尊公の文を作り以て其の首を弁ずることを需
むと云ふ。未だ達せるや否や知らず。古より貴国の吾が邦に聘する
や、寡君世館伴の事を預る。③僕乃ち寡君麾下の故旧なり。故を以
て我が祖考先人、皆な賓所に進退することを得て、而して貴国の諸
学士に堧篪せり。祖考の朴螺山に於ける、先人の成翠虚に於ける、
『萍水集』を観て而る後に知るべきのみ。往年辛卯の秋、僕の兄弟、
麾下に扈従し、斯の館に出入し、李東郭諸公と追随薫染し、飽くま

で翰墨の間に逍遙す。僕等自ずから以て一生の奇歓にして、再びあり難き事と為すなり。而今、尊公に邂逅して、厚く青眄を承はること此くの如ければ、則ち僕の貴国搢紳先生に於ひて、蓋し偶然にあらず。而して古人の所謂前縁なる者、其の間に存する有るか。何ぞ其れ奇なるかな。<u>吾が邦の人、貴国諸学士に托交する者甚だ衆し。而るに三世に至りて相ひ継ぐこと、僕の兄弟の如くするは少し。</u>（中略）④<u>而して辛卯の歳、「愛蘭堂記文」を李学士諸公に求め、諸公未だ嘗て之を拒まず、欣然と下筆す。</u>（下略）[10]

下線を附したところから分かることを下記に示す。

①三宅緝明（号は滄溟）という者が『萍水集』という本の序文を請うた。

②緝明の弟の名は茂忠（号は石屛）である。

③緝明の祖父（祖考）が朴安期（号は螺山。寛永二十年通信使読祝官）と、緝明の父（先人）が成翠虚と交流しており、そのことが『萍水集』に書いてある。

④緝明が正徳元年（辛卯）の通信使たちに「愛蘭堂記」を作ってもらった。

　つまり、この「三宅緝明」が『三宅滄溟筆談集』中の三宅滄溟であるわけだが、確認のため、同筆談集中に、三宅滄溟が南泛叟から「姓名字号」などを聞かれ自分を紹介した箇所を下記に挙げる。

　　<u>僕、姓三宅、名字直棟。居中其字也。滄溟其号也。祖父、以講経</u>

---

10)『海行摠載 海游録下』「附聞見雑録」p348

属文創遊事我侯家。（中略）弟、名以寧、字致遠、自号石屛。生乎僕
後七歳。僕、女兄二人、男弟只有石屛一人、而手足之愛最敦者也。
石屛、初参文筵、厚荷諸君之奨揚。於僕、欣謝万万。

　（僕、姓は三宅、名字は直棟。居中は其の字なり。滄溟は其の号
なり。祖父、経を講じ文を属するを以て創めて我が侯家に遊事す。
（中略）弟、名は以寧、字は致遠、自ら石屛と号す。僕より後に生ま
れること七歳なり。僕、女兄二人、男弟只だ石屛一人有りて手足の
愛は最も敦き者なり。石屛、初めて文筵に参じ、厚く諸君の奨揚を
荷る。僕に於けるや、欣謝すること万万たり。）

『三宅滄溟筆談集』八丁裏

　三宅滄溟が、自分の名・号、そして弟の名・号を紹介しており、
この兄弟の号「滄溟」と「石屛」が、『海游録』中において申維翰に
『萍水集』の序文を請うた兄弟と一致している。

　ちなみにこの三宅滄溟、つまり上記の『海游録』の引用文①の「三
宅緝明号滄溟」は、木下順庵門下の儒学者・三宅緝明（号は観瀾。
同門の新井白石の推挙により幕府の儒官となった。1674～1718）
とは別人物である。木門の儒者・三宅観瀾の没年は享保三年八月
であり、翌年に来日した申維翰に会えるはずがない。このことは、
堀川貴司氏によってすでに指摘されている[11]。ところが、姜在彦氏
は訳注『海游録』において、申維翰と筆談を交わした「三宅緝明」が

---

11) 堀川貴司「唐金梅所と李東郭」『季刊日本思想史第四十九号─朝鮮通信使
　　─』、（ぺりかん社、1996年）

「三宅観瀾（中略）木門十哲の一人」であると記述している[12]。姜氏は、「日本の各辞典は三宅観瀾の没年を1718年としているが、かれが申維翰に、『萍水集』への序を請うたのは1719年であり、再検討を要する」と述べ、『海游録』の記録を根拠に三宅観瀾の没年にも異議を呈している。しかし、『海游録』中の「三宅緝明」と三宅観瀾が同一人物でないことは、『三宅滄溟筆談集』を通しても裏付けられる。つまり『三宅滄溟筆談集』によれば、1711年に通信使たちと交流した三宅滄溟（『海游録』における「三宅緝明号滄溟」）は、大坂で彼らと対面しており、江戸では会わなかったことが東郭の文章から明らかである。三宅観瀾の場合は木門の室鳩巣、祇園南海たちとともに江戸の客館で通信使たちと筆談を交わした内容が『七家唱和集』として刊行されているので、『三宅滄溟筆談集』や『海游録』中の三宅滄溟とは同一人物ではないと判断される。

　さて、上記の『海游録』の引用文③で、『萍水集』に滄溟の祖父と朴螺山、父と成翠虚との交流が書かれていることが述べられていたが、『三宅滄溟筆談集』には、まさに滄溟の父と成翠虚との関係に関する記述がみえる。下記に該当箇所を引用する。これは、李東郭・洪鏡湖・厳龍湖・南泛叟らと詩文の唱和をしていた滄溟が、父のための詩文を彼らにお願いする文章の一部である。

　　往年、家父求酔楽亭八景詩於成翠虚洪滄浪二子。二子嘉其為親、各題八絶恵之。老者安之、君子之所志。諸君其契、然哉。未知

諾否。
　（往年、家父「酔楽亭八景詩」を成翠虚・洪滄浪二子に求む。二子
其の親の為にするを嘉し、各八絶を題し之を恵む。老者は之を安ん
ずること、君子の志す所なり。諸君其の契、然るかな。未だ諾否を知
らず。）

『三宅滄溟筆談集』二十丁裏

　「家父」、つまり滄溟の父が、成翠虚らに「酔楽亭八景詩」を求め、
作ってもらったことが記録されているのである。『萍水集』という
筆談唱和集が、写本でも刊本でも筆者の管見のかぎりでは見当た
らないなかで、この『三宅滄溟筆談集』が、申維翰が手にした『萍水
集』そのもの、もしくは、同一内容を多く共有するものであったと考
えられる。ただし、滄溟の祖父と朴螺山との交流に関しての記録は
『三宅滄溟筆談集』中に見当たらないことを断っておく。
　『三宅滄溟筆談集』中には、『萍水集』という題は見当たらないも
のの「萍水」という単語は、二箇所確認できる。その一つを下記に挙
げる。

　旅程驚歳暮、帰騎自江東、萍水天縁尽、梯航地理窮、使華何役
役、行李故忽忽、（下略）
　（旅程 歳暮に驚き、帰騎江東より、萍水 天縁尽き、梯航 地理窮
る、使華 何ぞ役役たらん、行李 故より忽忽たり、〈下略〉）

「送鏡湖洪書記還于朝鮮」（五言古詩）四十一丁裏

　「萍水」とは、うき草と水が出会うという「萍水相達（萍水相ひ達

ふ)」¹³⁾に由来する言葉で、旅行中に偶然に出会うことのたとえとして用いられる。この語が、『三宅滄溟筆談集』にみえることを考慮しても、この書が『萍水集』である蓋然性が高いと考えられる。

二 『三宅滄溟筆談集』と『和韓唱酬集』(天和三年刊)中の三宅家三代(元菴・遜宇・滄溟)関連記述

さて、『海游録』と『三宅滄溟筆談集』の中で三宅滄溟は、自分の父も朝鮮通信使と交流したことを述べていたが、その父の号が、『三宅滄溟筆談集』に収録された「愛蘭堂記」に見える。「愛蘭堂記」は、前述したように、朝鮮通信使が滄溟の父のために作った記文であるが、通信使たちは文章中、滄溟の父に言及している。

　　日本三宅氏遜宇君、志亢気豪、操履甚篤。其文章足以煥猷、其才
　識足以範世。
　　(日本三宅氏遜宇君、志亢気豪、操履甚だ篤し。其の文章以て猷
　を煥すに足りて、其の才識以て世に範とするに足る。)
　　　　　　　　　　　　　　　　　　厳龍湖「愛蘭堂記」五十三丁裏

三宅滄溟の父が「三宅遜宇」と称されており、この人物は、天和二

---

13) 唐、王勃、勝王閣詩序において用いられた。

年(1682)の朝鮮通信使との筆談唱和を収めた『和韓唱酬集』中に、
大坂で筆談に臨んだ人物としてその名が挙がっている。つぎは、
『和韓唱酬集』冒頭に収録された、地域別筆談者目録の一部であ
る。

　　京　　　竺嶺
　　江戸　　貞幹　木下順庵
　　大坂　　遜宇　三宅元孝
　　同　　　淑慎　三宅道達
　　同　　　梅隠　浅野新五郎
　　同　　　近信　舟木立敬
　　　　　　　　　『和韓唱酬集』(天和三年刊)目録　二丁表[14]

　　大坂での筆談者として遜宇・三宅元孝、淑慎・三宅道達の名が
見える。この遜宇という号が一致する点、三宅氏である点、本文中
に成翠虚たちと筆談をするという点から、この遜宇こと三宅元孝が
三宅滄溟の父であると認めてよいだろう。この三宅元孝(遜宇)が
どういう人物なのかに関する資料としては、『国史館日録』の延宝三
年(1675)十一月の記録がある[15]。

　　　十日、中庸或問講如例。三宅元孝来、告近日従其君岡部氏皈郷

---

14)『朝鮮後期通信使筆談唱和集翻訳叢書2 和韓唱酬集首』(宝庫社、2013年)
　　p.126
15) 割注は〈 〉で示した。

云云〈行隆、摂津国高槻五万三千石〉、是自其父出入者也。

　（十日、『中庸或問』講ずること例の如し。三宅元孝来りて、近日
其の君岡部氏〈行隆、摂津の国高槻五万三千石〉に従ひて帰郷す
云々と告ぐ。是れ其の父より出入する者なり。）[16]

　林鵞峯の日記、『国史館日録』に、三宅元孝という者の訪問のこ
とと、彼が岡部行隆に仕える人であることを記録している。岡部行
隆（1617〜1688）は和泉岸和田藩主岡部家の二代目となる人物で、
三宅滄溟が「泉南」出身であること[17]や三宅家が代々「武班」に仕え
ていたこと[18]を考慮すると、『国史館日録』中の「三宅元孝」は滄溟
の父遜宇であると考えられる。

　さて、『和韓唱酬集』の目録に、この三宅遜宇とともに、淑慎・三
宅道達の名が挙がっている。『和韓唱酬集』巻一之二には、三宅遜
宇と三宅淑慎が、天和二年の通信使成翠虚らと唱和した詩が、計
十三首掲載されているが、この三宅淑慎は、三宅遜宇の弟であるこ
とが『和韓唱酬集』巻二の、柳川震沢と朝鮮通信使・洪滄浪との筆
談に表れている。

16)『国史館日録』第五　延宝三年（1675）十一月十日（山本武夫校訂『史料纂集
　　南塾乗国史館日録第五』2005年、p.189）
17)『海游録』中に、「有三宅絪明者。以泉南文學。」とある。
18)『三宅滄溟筆談集』八丁裏につぎのようにある。「祖父以講経属文創遊事。我
　　侯家爾来箕裘相承到今如此及僕之身兼列武班倍沐恩需。（祖父、講経・属文
　　を以て創遊事。我れ侯家爾来、箕裘相承はる。今に到りて此くの如く僕の
　　身に及びては、武班に兼列し、倍ますます）倍 恩需おんはい）恩需を沐う）沐け
　　る。）」

○又稟（筆者注：柳川震沢）

曩者所論①三宅道達僕之忘年之交也。自幼志学、研窮有年矣。②与其母兄元孝共有過人之名。③乃翁元菴、往年、与貴国朴進士螺山筆話唱酬、螺山称其異才。頃年致仕、於泉南城外作亭、自名酔楽、属余作記。故彌堅久要。疇昔自大坂報价云、与公有傾蓋之雅矣。於僕殊荷盛意。多幸多謝。

○謹復　洪滄浪。

在大坂日、因遜宇昆季獲聞足下盛名、已知其奇才。今見果然。遜宇不我欺也。④孫宇為其大人、求酔楽亭詩、勤懇不已、不佞不獲已、書贈八絶。然蕪拙不足観已。午間、見足下寄慎斎詩、次韻以呈、想未徹矣。且昨日諸公皆奇才。非不佞所可品評也。

（○又た稟す

曩者論ず所の①三宅道達は僕が忘年の交なり。幼きより学に志し、研窮すること年有り。②其の母兄元孝と共に人に過ぐるの名有り。③乃翁元菴は、往年、貴国の朴進士螺山と筆話唱酬し、螺山其の異才を称す。頃年致仕し、泉南城外に於て亭を作り、自ら「酔楽」と名づけ、余に属して記を作らしむ。故に彌よ久要を堅くす。疇昔大坂より价を報じて云く、「公と蓋を傾くるの雅有り」と。僕に於て殊に盛意を荷る。多幸多謝。

○謹復　洪滄浪。

大坂に在る日、遜宇昆季に因りて足下の盛名を聞くことを獲、已に其の奇才を知る。今見るに果して然り。遜宇我を欺かざるなり。④孫宇其の大人の為に、酔楽亭の詩を求め、勤懇して已まず、不佞已むを獲ず、書して八絶を贈る。然れども蕪拙たりて観るに足らざるのみ。午間、足下の慎斎に寄するの詩を見て、次韻して以て呈するも、

想ふに未だ徹せざるなり。且つ昨日の諸公は皆な奇才なり。不佞が
品評すべき所にあらざるなり。）

『和韓唱酬集』二　九丁表～十丁表[19]

　上記の引用文の①、②から、三宅元孝（遜宇）が三宅道達（淑慎）
の兄であることが示されている。③の「乃翁（だいおう）」とは、相手の父をさし
ていう称であり、三宅遜宇兄弟の父「元菴」が朴螺山と唱和したこ
とが述べられている。『海游録』において、三宅滄溟が自身の祖父
と朴螺山との関係に言及した内容とも一致している。下線部③で
は、この「元菴」が致仕後に、「酔楽」という亭を作り、その記文を柳
川震沢に求めたことが述べられるが、下線部④では、その息子遜宇
も洪滄浪に、父のために「酔楽亭詩」を作ってくれるよう懇願したこ
とが書かれている。

　この三宅家三代（元菴・遜宇・滄溟）が各々朝鮮通信使に交流
して、その記録を残していることは、三宅滄溟が『海游録』において
「吾が邦の人、貴国諸学士に托交する者甚だ衆し。而も三世に至
りて相ひ継ぐこと僕兄弟の如くする者少し」（原漢文）と述べるよう
に、普通のことではないだろう。ところで、筆者がより興味深く感
じることは、三宅家の朝鮮通信使との交流の様子が、各代でそれぞ
れに類似していることである。

---

19)『朝鮮後期通信使筆談唱和集翻訳叢書4 和韓唱酬集二』（宝庫社、2013年）
　　pp.182～183

三 三宅家三代の通信使との交流時の類似点

三宅家三代の通信使交流時の類似点として一つは、天和二年に三宅遜宇・淑慎が兄弟そろって成翠虚ら通信使たちとの交流に臨んだように、正徳元年の通信使来日の際、三宅滄溟・石屏兄弟がそろって交流に臨んだことである。そして、もう一つは、天和二年に三宅遜宇が、「大人」(父・元菴)のために「酔楽亭詩」を懇願したように、正徳元年に三宅滄溟が、父(遜宇)のために「愛蘭堂記」を頼んだことである。

まず、兄弟そろって交流に臨んだことだが、二代つづいて兄弟ともに儒者としての素養が備わっていたからこそ可能なことであった。また、滄溟の場合、『三宅滄溟筆談集』中の弟の紹介の場面で述べているように、七年離れた最愛の弟に、「文筵」に参加する経験をぜひさせたいという要望があったからでもある。

　　弟、名以寧、字致遠、自号石屏。生乎僕後七歳。僕、女兄二人、男弟只有石屏一人、而手足之愛最敦者也。石屏、初参文筵、厚荷諸君之奨揚。於僕欣謝万万。

　　(弟の名は以寧、字は致遠、自ら石屏と号す。僕の後に生まれること七歳なり。僕、女兄二人、男弟只だ石屏一人有りて手足の愛は最も敦き者なり。石屏、初めて文筵に参ずるも、諸君の奨揚を厚く荷<ruby>荷<rt>にな</rt></ruby>ふ。僕に於けるや、欣謝すること万万たり。)

　　　　　　　　　　　　　　　　『三宅滄溟筆談集』八丁裏、再掲

　しかしまた、三宅遜宇・淑慎の兄弟そろって朝鮮通信使との交流に臨んだことが、結果的によかったと判断したため、息子の滄溟・石屏兄弟もそれを見習って兄弟そろって交流に臨んだのではないだろうか。「石屏、初めて文筵に参じ」とあるから、石屏にとってはこれほど重きをもつ「文筵」に参加するのは初めてであり、それだけ、石屏を参加させることには懸念されるところもあったはずである。それでも、石屏を参加させたことには、やはり、先代の遜宇・淑慎兄弟がそろって唱和に臨んだことが結果的によかったという判断があっただろう。そのことをうかがわせる資料として、天和二年の通信使・洪滄浪が、淑慎の贈別詩に次韻した詩がある。

　　　日東名士慣追遊　　日東の名士　追遊するに慣るるも
　　　二陸才華見最優　　二陸の才華　最も優れたるを見る
　　　賓館点灯開一笑　　賓館　点灯して一笑開き
　　　海天征筒駐雄州　　海天征筒　雄州に駐まる
　　　　「次淑慎贈別韻」中『和韓唱酬集』一之二　四十八丁表[20]

　「二陸」とは、中国・晋の陸機と陸雲兄弟のことで、詩文の才能にすぐれた兄弟への賛辞として用いられる語である[21]。上記の詩の

---

20)『朝鮮後期通信使筆談唱和集翻訳叢書3 和韓唱酬集一』（宝庫社、2013年）p.288

21) 朝鮮の徐居正（1420〜1488）が李宗儉・宗謙兄弟に呈した詩に「二陸才名当日重、両踈声價晩年高。（二陸の才名当日に重く、両踈の声價晩年に高し。）」とある。（「奉呈李僉樞 宗儉、李參判 宗謙。兩大先生。時皆在陽智村墅。」四佳詩集巻之十）

第一・第二句は、「日本の名士たちと交遊するのに慣れてきたが、晋の陸機・陸雲兄弟を彷彿させるあなたがた兄弟（遜宇・淑慎）の才華が最も優れていると思います」という内容である。唱和詩の性格上、社交儀礼的なところがあったにしても、「見最優（最優なるを見る）」という表現を考慮するとかなり肯定的な評価としてとらえられただろう。正徳元年の朝鮮通信使の来日を知り、彼らとの交流を備えていた三宅滄溟は、先代の経験を参考にして、同じく兄弟そろっての交流を挑んだのではないだろうか。

　三宅家三代の朝鮮通信使との交流時の類似点としてのもう一つは、父のために「酔楽亭」「愛蘭堂」などの詩文を頼んだことである。つまり、三宅遜宇が「大人（父）のため」と言い「酔楽亭詩」を洪滄浪に頼んで「八絶」を得ているように、三宅滄溟は正徳度の通信使たちに「愛蘭堂記」を得ている。次に、『三宅滄溟筆談集』中の、滄溟が「愛蘭堂」の詩文を依頼する箇所を引用する。

　　家父致仕在堂。年過古希。性甚愛蘭、栽培灌漑、全遺世慮。因自以愛蘭名堂常居其中、以楽餘年矣。<u>近欲請吾邦諸君子而聚記若詩蔵之於堂以為昕夕之奇玩。頃又聞諸君盛名震耀域内、欲得其遒文麗藻而愈大其楽。</u>老懐切切、殆廃寝食。<u>人子愛日之至能得不悩私情耶。</u>伏願諸君一揮椽筆、辱賜愛蘭堂記並詩則宿志頓遂而西山落日忽反三舎也。（下略）

　　（家父致仕して堂に在り。年古希を過ぐ。性甚だ蘭を愛し、栽培灌漑し、全く世慮を遺（わす）る。因りて自ら「愛蘭」を以て堂を名づけ常に其の中に居し、以て餘年を楽しむ。<u>近（ちかごろ）吾が邦の諸君子に請うて而</u>

して記若しくは詩を聚め之れを堂に蔵して以て昕夕の奇玩と為さんと欲す。頃ろ又た諸君の盛名域内に震耀することを聞き、其の酒文麗藻を得て而して愈よ其の楽しみを大きくせんと欲す。老懐切切たりて、殆ど寝食を廃す。人子日を愛むの至り、能く私情を悩まざるを得んや。伏して願はくは諸君一たび椽筆を揮はん。「愛蘭堂記」並びに詩を辱賜せば、則ち宿志頓に遂げて西山の落日も忽ち三舎を反すなり。〈下略〉)

『三宅滄溟筆談集』二十丁裏〜二十一丁表

　滄溟は、下線部において、父遜宇が致仕後居住する堂を「愛蘭堂」と名づけ、日本の文人たちから堂の記文や詩を集めることを楽しみにしていること、また、正徳度の通信使使行のことを聞いて彼らから詩文を得ることを渇望していることなどを説明し、その上で愛蘭堂記や詩を所望している[22]。「人子日を愛むの至り、能く私情を悩まざるを得んや」とあるが、「愛日（日を愛む）」とは、時日を惜しんで父母に孝養をつくすという意で、この依頼が父への孝心によるものであることを強調している。このように孝心を強調することは、詩文を得るという目的を達成するための効果的な手段だったと考えられ、たとえば、『三宅滄溟筆談集』二十七丁表では、洪鏡湖が「愛日之誠藹然於文字之間、令人感動不能已也（愛日の誠藹然として文字の間にあり、人をして感動せしめ已むことあたはざらしむ

---

22)「〜堂」の詩文を頼む例としては、たとえば、泉州の大商人・唐金梅所（1675〜1738）が、享保四年の通信使たちに「垂裕堂」の詩文を懇望して得た例がある。該当詩文は、雨森芳洲文庫蔵『附韓人文・廣陵問槎録』（資料番号八十二）に収録されている。

るなり）」と述べており、滄溟の孝心への賛辞を表現している。

　儒教的な思想をもつ朝鮮の文士たちが、孝に大事な価値を付与していることは、他の筆談唱和集を通しても確認できる。三宅遂宇とも筆談を交わした天和二年の朝鮮通信使・洪滄浪は、「孝」を重視する考え方を『韓使手口録』（写本・天和二年成立）の中で次のように述べている。

　　二十六日之夜、以戒語約滄浪作数条之目附之。滄浪書之、昨日伝送於余而達之。其詞曰、父母在宜尽孝、父母没亦不可廃。惟孝百行之源、無是無其根。志於孝者、不辱所生、雖有過不至於大矣。（下略）

　　（二十六日の夜、戒語を以て滄浪に約して数条の目を作り之を附す。滄浪之を書し、昨日余に伝送して之を達す。其の詞に曰く、「父母在らば宜しく孝を尽すべく、父母没するも亦た廃すべからず。惟だ孝は百行の源にて、是れ無くんば其の根無し。孝に於いて志す者、所生を辱さず、過有りと雖も大に至らず。〈下略〉」）

　　　　　　　　　　　　　　　『韓使手口録』（写本・天和二年成立）[23]

　洪滄浪は、「惟だ孝は百行の源にて」と述べ、「孝」こそがすべての行動の根源にあるべきとの考え方を示している。滄溟が、この『韓使手口録』を見たかどうかは分からないが、朝鮮通信使たちが孝を重視することを熟知していたとみえる。少なくとも、三宅遂宇が「父のために」詩文を請うたことが喜ばれた、という認識は持ってい

---

23)『朝鮮後期通信使筆談唱和集翻訳叢書6韓使手口録』（宝庫社、2013年）p.206

た。前掲引用文をもう一度挙げる。

　　往年、家父求酔楽亭八景詩於成翠虚洪滄浪二子。①二子嘉其為
　親、各題八絶恵之。②老者安之、君子之所志。諸君其契然哉。未知
　諾否。
　　（往年、家父「酔楽亭八景詩」を成翠虚・洪滄浪二子に求む。①二
　子其の親の為にするを嘉し、各八絶を題し之を恵む。②老者は之を
　安んずること、君子の志す所なり。諸君其の契然るかな。未だ諾否
　を知らず。）

『三宅滄溟筆談集』二十丁裏、再掲

　上記の文は正徳元年九月の交流時に「愛蘭堂」の詩文を始めて頼
むときの文章であるが、①において、三宅遜宇（「家父」）が詩を所望
した際にその目的が「親のため」であったことが、天和度の通信使た
ちに喜ばれた、と述べられている。下線部②は、『論語』公冶長第五
の「子路曰、願聞子之志、子曰、老者安之、朋友信之、少者懐之（子
路が曰く、願はくは子の志を聞かん。子曰く、老者は之を安んじ、
朋友は之を信じ、少者は之を懐けん。）」を踏まえた箇所である。訓
戒調にも聞こえる『論語』の引用を通して、自分の願いを聞いてくれ
るように促しているが、通信使たちの孝への態度を把握しているか
らこそこのような強い姿勢がとれたのだろう。滄溟は、九月の依頼
が、十二月の再会時にもかなわないのをみて、より強く「孝」という
名分を打ち出す。次に、その箇所を引用する。

諸君愛蘭詩文已脱稿否。発邁在邇事不可緩。願早浄書賜之。
三使道前亦知僕為親之事乎。僕初欲請「愛蘭詩」於道前、而分位尊
重不可軽干。故思而止此耳。諸君存念之厚、忖度僕心。告之道前
否。雖事近不恭、而実出于尚徳之意也。且聞君子必先以孝道、前
道徳之盛仁愛之深。何其以此罪僕哉。唯諸君計之。

（諸君「愛蘭」詩文已に脱稿せるや否や。発邁は邇事に在りて緩む
べからず。願はくは早く浄書して之れを賜はん。三使道前も亦た僕
の親の為にする事なるを知るか。僕初めて「愛蘭詩」を道前に請はん
と欲す、而も分位尊重なりて軽く干むるべからず。故に思ひて而し
て此れを止むのみ。諸君存念の厚きもて、僕が心を忖度せよ。之を
道前に告ぐるや否や。事は恭しまざるに近しと雖も、而も実は徳を
尚ぶの意に出ずるなり。且つ君子必ず先ず孝道を以て、道徳の盛、
仁愛の深に前むべしと聞く。何ぞ其れ此を以て僕を罪せんや。唯だ
諸君之を計るべし。）

『三宅滄溟筆談集』四十三丁表

　上記の文章で滄溟は、自分が「愛蘭詩文」を頼むことが「亦た僕
親の為の事なるを知るか」と、親の為であることを再三強調した上
で、君子は孝道を先にして道徳・仁愛へと進むべきだと、また訓戒
調で述べている。自分の要請がかなわないことへの焦燥感の表れで
もあろうが、通信使たちが「孝」という名分に逆らえないという確信
があっての強い口調でもあろう。そしてそのことは、滄溟が、先代
の通信使との交流を綿密に検討把握したからこそ可能なことであ
る。

まとめ

　本稿では、『三宅滄溟筆談集』『海游録』『和韓唱酬集』を中心に、三宅家三代の通信使との交流の様子を調べた上で、三宅滄溟が、先代の交流の経験をどのように生かしているかを考察した。滄溟の場合は、生存中の父を通して、さまざまなアドバイスや情報を得ることができたと考えられる。しかし、一般的に多くの場合は、筆談唱和集をたよりに通信使との交流の場に臨んだだろう。筆談唱和集の刊行は、そのような必要に応えるものでもあったのだ。正徳元年の筆談唱和を収録した『槎客通筒集』(さかくつうとうしゅう)(正徳元年刊)の序にもそのことが示されている。

　　輯而伝者何也。範後之接伴韓使者也。此般考事於往牒、図変於今規、割正於中庸、会通於典礼、則凌駕先度、伝法嗣来、足矣。故其酬唱貴賤競写、都鄙皆徧、不可以弗伝焉。(中略)洛下後学北邨可昌謹叙

　　(輯して伝ふる者何ぞや。後の韓使に接伴する者にとするなり。此般事を往牒に考へ、変を今規に図り、中庸に割正し、典礼に会通するときは、則ち先度を凌駕し、法を嗣来に伝ふること足るなり。故に、其の酬唱貴賤競ひて写し、都鄙皆な徧(あまね)し、以て伝へざるべからず。〈中略〉洛下後学北邨可昌謹叙)[24]

　今後、筆談唱和集の情報を生かして、通信使との交流に臨む日本

---

24)『朝鮮後期通信使筆談唱和集翻訳叢書10槎客通筒集』(宝庫社、2013年)

の文士たちの接応の様子に一連の傾向性を見出すことに着目して研究を進めていきたい。

おわりに

　本論文は、これまでの芳洲研究において取り上げられることの少なかった芳洲の文事を考察し、文人としての芳洲像をより鮮明に浮かび上がらせた。

　第一章では、漢詩人としての芳洲を考察した。これまで、漢詩人としての芳洲があまり顧みられなかった原因の一つは、「芳洲文に長じて、詩に長ぜず」という『日本詩史』(明和八年刊)の認識が根強く残っていたためと考えられる。稿者は、敢えて芳洲の漢詩が実は優れていたと主張するつもりはない。ただ、木門に修学する若年期より晩年に至るまで、漢詩に多大な力を注いだこと、荻生徂徠など当時影響力のある漢詩人たちと交流していたこと、朝鮮通信使来聘時の日朝間の詩文交流を身近に経験し、彼自身も朝鮮の文人たちと幅広く詩文交流を行ったこと、などを勘案すると、漢詩人芳洲を理解することは、江戸中期の日本の漢詩壇及び、日朝間の漢詩交流を理解することにおいて大きな意味をもつ。次に、漢詩人芳洲の考察を通して得た成果を挙げる。第一章第二節では、芳洲の明詩批判や唐詩を模倣する詩を強く批判する内容などから、古文辞

派への批判意識をもっていたことを論証した。反古文辞派の詩論
は、中国性霊派の影響とともに十八世紀後半から芽生えていくと
いう認識が一般的なものであるが、芳洲の例は、十八世紀前半から
すでに、中国性霊派の影響からでない、自生的な反古文辞意識が存
在していたことを示している。

　第二章は、芳洲の思想、とくに『荘子』観を考察したもので、第一
節では、芳洲の『荘子』理解において、林希逸注や蘇軾の説がその
背景としてあったことを指摘した。醇儒芳洲が、孔子を貶す内容な
ど、儒学に反する要素を多くもつ『荘子』を受け入れることができた
のは、「荘子が（実は）暗に孔子を助けている」という認識を持ってい
たためであった。このような認識は芳洲に限ったものではないと思
われ、江戸時代の儒学者たちに広く『荘子』が受け入れられる要因
の一つとして作用していた可能性がある。第二章二節では、芳洲の
『荘子』観と『田舎荘子』の作者の『荘子』観とが共通し、それが蘇軾
の『荘子』論によるものであったことを明らかにしたが、この例も、芳
洲が持っていたような『荘子』認識が当時流布していたことの傍証
となるだろう。

　第三章では、唐金梅所への申維翰序文を考察し、通信使の日本
漢詩批評の背景として、古文辞派の影響が認められることを明ら
かにした。申維翰は、梅所の詩に、中国古文辞派の後七子の一人・
李攀龍の影響が見られるとし、また、それが白石からの影響だと述
べていた。詩において李攀龍を模範としていた申維翰には、そのこ
とが、両人の詩を高く評価する要因の一つになった。申維翰が梅
所の詩を読み、その序文を書いた享保四年は、荻生徂徠を中心に古

文辞学が徐々に広められ始めていた時期で、朝鮮ではすでに古文辞派の影響が詩壇全体に広まっていた。申維翰の批評は日朝間の詩文交流において、その背景として、中国詩壇の影響があることを如実に物語っているのである。

　本論文では、芳洲の文事に関していくつかの新見を提示したが、近世期の学問や文芸における芳洲の位置づけについては、なお検討が必要であると感じている。今後、芳洲の漢詩人としての業績と深く関わっている木下順庵門の文学活動をはじめとする、芳洲周辺の漢詩壇の動向や、儒学や仏教などの思想の潮流を明らかにし、考察を深めてゆきたい。

初出一覧

第一章

第一節…書き下ろし

第二節…「『雨森芳洲・鵬海詩集』諸本の考察」（『混沌』三十五、2011年12月）

第三節…「雨森芳洲の漢詩観─『橘窓茶話』を中心に─」（『近世文藝』九十六、2012年7月）

第四節…「雨森芳洲「少年行」と李白の詩」（『日本研究論集』四、2011年10月）

第二章

第一節…「雨森芳洲と『荘子』─三教合一論へのつながりを中心に─」（『和漢比較文學』五十三、2014年8月）

第二節…書き下ろし

第三章

第一節…「朝鮮通信使の日本漢詩批評─『梅所詩稿』の申維翰序文をめぐって─」（『語文（大阪大学）』九十九、2012年12月）

第二節…「雨森芳洲文庫蔵『三宅滄溟筆談集』の考察　─三宅家三代の通信使接応時の類似性を中心に─」（『朝鮮学報』二三七、2015年10月）

※本書収録にあたり、若干の加筆・修正をほどこした。

資料篇

詩集別詩題一覧

（1）『停雲集』（享保三年刊）中　芳洲詩

番号	詩題	丁数
1	寒夜江口泊舟	二十一丁表
2	寄祇南海	二十一丁表
3	簡友人	二十一丁表
4	用京洛故人韻	二十一丁裏
5	隴頭水	二十一丁裏
6	冬暁	二十二丁表
7	少年行	二十二丁表
8	寺帰	二十二丁表
9	丁亥歳奉役朝鮮経雞知村梅花数株爛熳可愛雖歴寒暑宛在心目今夜與児徳允話及曩昔慨焉久之	二十二丁裏

（2）『木門十四家詩集』（安政三年刊）中　芳洲詩

1	呈白石	五十五丁表
2	和白石賞梅韻	五十六丁表
3	中秋次南山示韻	五十六丁表
4	偶作	五十六丁表
5	歳初奉和平公韻	五十六丁裏
6	（歳初奉和平公韻）	五十六丁裏
7	（歳初奉和平公韻）	五十七丁表
8	（歳初奉和平公韻）	五十七丁表
9	問友人	五十七丁表
10	次大町敦素見贈韻	五十七丁裏
11	用韻	五十七丁裏

12	（用韻）	五十八丁表
13	謝白石賜和	五十八丁表
14	隴頭水	五十八丁表
15	有客	五十八丁裏
16	少年行	五十八丁裏
17	無題	五十八丁裏
18	寺帰	五十八丁裏
19	夜雨	五十九丁表
20	遊寺	五十九丁表
21	聞松禎卿充迎聘使遥有此寄	五十九丁表
22	丁亥歳奉役朝鮮経雞知村梅花数株爛熳可愛雖歴寒暑宛在心目今夜與児徳允話及曩昔慨焉久之	五十九丁裏
23	寄祇南海	五十九丁裏
24	寒夜江口泊舟	六十丁表
25	冬暁	六十丁表
26	簡白石	六十丁表

（3）『雨森芳洲同時代人詩文集』（写本）

①「諸先生并芳洲詩文集」中　芳洲詩

1	遊仙詞	六丁裏
2	次曽原兄遊仙詞	六丁裏
3	夏日閨怨次韻	六丁裏
4	奉謝中根公寵招	七丁表
5	夏日宮詞	七丁表
6	奉呈座上七夫子	七丁表
7	余與和田公相會者二矣観其揮毫之際烟霞盈繭殊無窘澁態而撫我豚犬有若骨肉□無聊志懐惑激庶幾乎与燕趙之士相遇於撃筑音鳴之間故疊前韻以誌鄙悃結句寓青松之約云爾	七丁裏

8	出塞行	七丁裏
9	少年行	八丁表

②「丁未詩稿」

1	遂忘□撝之誚敢綴鄙律奉呈貌座倘或令侍衣人杠賜一覧實所願也非敢望也	三十四丁裏
2	晏起	三十四丁裏
3	山中寄友人	三十四丁裏
4	春光	三十五丁表
5	醉祝南照子合卺	三十五丁表
6	小字梅	三十五丁表
7	雙忠廟	三十五丁裏
8	同	三十五丁裏
9	山行値雨	三十五丁裏
10	次韻	三十六丁表
11	暮春帰故山草堂次韻	三十六丁表
12	塞上聞笛	三十六丁表
13	豊臣廟	三十六丁裏
14	隣家梅花	三十六丁裏
15	(隣家梅花)	三十六丁裏
16	(隣家梅花)	三十六丁裏
17	(隣家梅花)	三十七丁表
18	(隣家梅花)	三十七丁表
19	自賛	三十七丁表
20	移梅	三十七丁表
21	(移梅)	三十七丁裏
22	(移梅)	三十七丁裏
23	少年行	三十七丁裏
24	梅	三十八丁表
25	閏正月十五日内宴作	三十八丁表

26	借花	三十八丁表
27	夢梅三首	三十八丁表
28	（夢梅三首）	三十八丁裏
29	（夢梅三首）	三十八丁裏
30	対山独酌三首	三十八丁裏
31	（対山独酌三首）	三十九丁表
32	（対山独酌三首）	三十九丁表
33	春遊阿須	三十九丁表
34	春喜友人到山舎	三十九丁裏
35	東鄰美女歌	三十九丁裏
36	是日赴宴樋家為嶌雄衛	四十丁表
37	又	四十丁裏
38	又代少年作	四十丁裏
39	書示三浦里太郎	四十丁裏
40	次霞洛韻	四十丁裏
41	老将	四十一丁表
42	（老将）	四十一丁表
43	（老将）	四十一丁表
44	晩春	四十一丁表
45	次雲崖和尚韻	四十一丁裏
46	（次雲崖和尚韻）	四十一丁裏
47	惜春	四十二丁表
48	三月二十七日宴平田公花園亭子四傍以花為籬薔薇春菊鴻毛罌粟紅白二種穠艶妍麗莫可言喩	四十二丁表
49	次白岳訪濱田氏置酒韻	四十二丁裏
50	芍藥	四十二丁裏
51	十一月八日小河氏宴集時主人患中風新瘥	四十二丁裏
52	公退	四十三丁表
53	端午	四十三丁表
54	紅葵花	四十三丁表
55	經古墓	四十三丁裏

56	罌粟花	四十三丁裏

（4）『雨森芳洲詩稿』（写本）

1	春日山行	一丁表
2	池上賞蓮	一丁表
3	賞菊	一丁表
4	偶成	一丁表
5	示僧	一丁表
6	贈人	一丁表
7	示客	一丁裏
8	謁廟	一丁裏
9	寄友	一丁裏
10	訪僧	一丁裏
11	春暮	一丁裏
12	虹	一丁裏
13	患鼠	二丁表
14	責猫	二丁表
15	湖上相逢代人答	二丁表
16	九月十三日多田左門席□次公辨親王賦漁夫畫軸韻	二丁表
17	九月十三夜賞月	二丁表
18	春行	二丁表
19	賀某致仕	二丁裏
20	向在朝鮮有客見贈追次其韻	二丁裏
21	其二	二丁裏
22	其二	二丁裏
23	以詩代簡催塩川子	二丁裏
24	晚泊	三丁表
25	晚帰	三丁表
26	題亀岩	三丁表

27	其二	三丁表
28	即事	三丁表
29	贈某山人	三丁表
30	次霞沼韵	三丁裏
31	春遊	三丁裏
32	次韵代韓客	三丁裏
33	偶成	三丁裏
34	路上作	四丁表
35	其二	四丁表
36	其三	四丁表
37	送客	四丁表
38	春行	四丁表
39	遊山	四丁表
40	春遊	四丁裏
41	江南春	四丁裏
42	示人	四丁裏
43	重九	四丁裏
44	其二	四丁裏
45	塩川味木二子餞我德松院中時九月十七日也	五丁表
46	題德松院	五丁表
47	又	五丁表
48	又	五丁表
49	次韵霞沼子 （于時有病）	五丁表
50	帰時作	五丁裏
51	偶成	五丁裏
52	間行	五丁裏
53	小宴	五丁裏
54	秋深	五丁裏
55	示僧	六丁表
56	南隣	六丁表
57	驛上	六丁表

58	即事	六丁表
59	惜春	六丁表
60	九月二十一日訪國性寺與日沽上人畧叙□時	六丁表
61	遊某村夕還	六丁裏
62	山居代主人	六丁裏
63	代客	六丁裏
64	諸葛武侯像賛	六丁裏
65	秋夜用柿木翁歌意	六丁裏
66	独り帰	六丁裏
67	贈某郡守	七丁表
68	次王維送別韻	七丁表
69	某村	七丁表
70	老女嘆用小野娘歌意	七丁表
71	秋思用猿大夫歌意	七丁表
72	望冨士用山辺翁歌意	七丁裏
73	代韓客	七丁裏
74	代人答	七丁裏
75	其二	七丁裏
76	偶成	七丁裏
77	示某秀才	七丁裏
78	遊某氏花園将帰時作	八丁表
79	九月二十七日詣萬松院菊花盛開錦繡交映眞奇観也	八丁表
80	示管秀才	八丁表
81	其二	八丁表
82	海上作	八丁表
83	其二	八丁裏
84	偶成	八丁裏
85	其二	八丁裏
86	自題	八丁裏

（5）『瀬戸内海航行詩』（写本）

1	夷崎舟中偶作	一丁表
2	同	一丁表
3	同	一丁表
4	地島落帆之後以有水疾上崖散悶偶到西光寺次壁間詩軸韻	一丁表
5	自西光寺帰秋夜舟中作	一丁裏
6	再登西光寺次前韻	一丁裏
7	次厳父韻	一丁裏
8	原韻	二丁表
9	舟中偶作	二丁表
10	又	二丁表
11	又　以上十首	二丁表
12	又	二丁裏
13	又畳前韻　贈閑斎	二丁裏
14	次厳父韻	二丁裏
15	原韻	二丁裏
16	阻風有地島偶作	三丁表
17	和韻	三丁表
18	遊白濱　在地島	三丁表
19	季秋日過小倉城　此日発地島	三丁表
20	過内裏原有感	三丁裏
21	出赤間関	三丁裏
22	過周防洋	三丁裏
23	又時九月十五日以上十首	三丁裏
24	又	四丁表
25	過向浦	四丁表
26	漂舟硫黄第野之間不能停橈偶作	四丁表
27	泊室澄浦口	四丁表
28	題普賢寺　在室澄	四丁裏
29	聞鳫	四丁裏

30	発室澄	五丁表
31	上関次家君韻	五丁表
32	原韻	五丁表
33	発上関	五丁裏
34	神室題両相菴　以上十首	五丁裏
35	奴和浦次家君韻	五丁裏
36	晩泊柴戸浦	五丁裏
37	泊岩城	六丁表
38	浮留白石洋中	六丁表
39	室野夜雨	六丁裏
40	走嶋帰帆	六丁裏
41	平野晴嵐	六丁裏
42	薬師晩鐘	六丁裏
43	祇園秋月　以上十首	七丁表
44	仙酔落鴈	七丁表
45	次韻	七丁表
46	原夕照	七丁表
47	山田暮雪	七丁裏
48	次家君韻	七丁裏
49	原韻	七丁裏
50	次家君韻	七丁裏
51	又重陽日開舩	八丁表
52	原韻	八丁表
53	次家君韻	八丁表
54	原韻	八丁表
55	発鞆浦浮留津智山下山形先鋭如筆大人命名為筆頭山又名玉盌山	八丁裏
56	次家君韻　十月朔日作	八丁裏
57	日暮浮留備前洋中　以上十首	八丁裏
58	次家君韻	八丁裏
59	原韻	九丁表

60	過室浦	九丁表
61	落合江次家君韻	九丁裏
62	原韻	九丁裏

（6）『雨森芳洲詩集抄』（写本）

1	松	一丁表
2	勧酒	一丁表
3	送人	一丁表
4	晩春	一丁裏
5	登樓	一丁裏
6	観花	二丁表
7	春残	二丁表
8	荅人代簡	二丁裏
9	赤水関寄贈養真軒主人代人	二丁裏
10	題以酊庵壁	三丁表
11	次岱公韻	三丁裏
12	江行	三丁裏
13	即事	三丁裏
14	奉呈幻庵和尚	四丁表
15	示金山人	四丁裏
16	即事	四丁裏
17	奉次幻庵和尚辱賜高韻	五丁表
18	即事	五丁表
19	其二	五丁裏
20	其三	五丁裏
21	阿須十二景　碁石濱千島	六丁表
22	-阿須河蛍	六丁表
23	-袖振山鹿	六丁表
24	-南室行人	六丁裏
25	-小浦帰舟	六丁裏

26	-夷浦閑鷗	六丁裏
27	-曲崎峯月	七丁表
28	-琴瀬漁父	七丁表
29	其二	七丁表
30	其三	七丁裏
31	其四	七丁裏
32	其五	七丁裏
33	-鶴舞山櫻	八丁表
34	-鵜瀬漁火	八丁表
35	-一松晨明	八丁表
36	花見壇雪	八丁裏
37	其二	八丁裏
38	秋雲	八丁裏
39	即事	九丁表
40	有人問子亦有詩集耶因答	九丁表
41	老叟	九丁表
42	里婦	九丁裏
43	過某墓	九丁裏
44	賦得新緑勝花	九丁裏
45	其二	十丁表
46	夜	十丁裏
47	其二	十丁裏
48	其三	十丁裏
49	途中遇雨	十一丁表
50	其二	十一丁表
51	出塞曲	十一丁表
52	少年行	十一丁裏
53	題以酊庵壁	十一丁裏
54	客懷	十二丁表
55	次瑞源和尚韻	十二丁表
56	用愚公韻奉呈以酊老和尚	十二丁表

57	題王子晋騎鶴図	十二丁裏
58	寄贈桂洲	十二丁裏
59	偶作	十三丁表
60	示仲簡	十三丁表
61	遊普覚寺	十三丁表
62	送人	十三丁裏
63	夏夜	十三丁裏
64	次大愚師秋尽之作	十四丁表
65	柳絮	十四丁裏
66	乙丑二月廿三日偶作園梅終開	十四丁裏
67	自述	十四丁裏
68	少年行	十五丁表
69	過山寺	十五丁表
70	陌頭楊柳黄金色凡柳無此光景因作	十五丁表
71	除夜	十五丁裏
72	又	十五丁裏
73	依源和尚韻賦柳絮	十五丁裏
74	偶作	十六丁表
75	久雨	十六丁表
76	梅花	十六丁表
77	隔数歳再宴某氏園賞花	十六丁裏
78	題山水図	十六丁裏
79	題漁父図	十七丁表
80	述懐	十七丁裏
81	奉和驪山老和尚新春五首瑶韻	十七丁裏
82	其二	十八丁表
83	其三	十八丁表
84	其四	十八丁表
85	其五	十八丁裏
86	重次	十八丁裏
87	其二	十八丁裏

88	其三	十九丁表
89	其四	十九丁表
90	其五	十九丁表
91	山行	十九丁裏
92	又	十九丁裏
93	依源和尚韻賦柳絮	二十丁表
94	寄贈節紫白毫寺西山老師	二十丁表
95	其二	二十丁表
96	其三	二十丁裏
97	其四	二十丁裏
98	其五	二十丁裏
99	又	二十一丁表
100	庭中有一梅棠始開	二十一丁表
101	其二	二十一丁表
102	大愚贈鬼豆腐作	二十一丁裏
103	偶成	二十一丁裏
104	杜鵑	二十一丁裏
105	其二	二十二丁表
106	過山寺	二十二丁表
107	次杏山玉簪花韻	二十二丁裏
108	次和尚韻	二十二丁裏

（7）『雨森芳洲・鵬海詩集』（写本）

①芳洲文庫本の並び順

芳洲文庫本		筑波大本		関大本		詩体
番号	詩題	番号	詩題	番号	詩題	
1	偶成	1	偶成			五言絶句
2	謝隠士見訪	2	謝隠士見訪	1	謝隠士見訪	七言律詩
3	聖誕日赴朝応制（擬）	3	聖誕日赴朝応制（擬）	2	擬聖誕日赴朝応制	七言律詩
4	塞上行	4	塞上行	3	塞上行	七言律詩
5	春遊	5	春遊	4	春遊	七言律詩
6	戊辰試毫	6	戊辰試毫	69	戊辰試毫	五言絶句
7	次　元旦韻	7	次　元旦韻	5	次　元旦韻	七言律詩（6句）
8	相模道中	8	相模道中	70	相模道中	五言絶句
9	个	9	个	71	（相模道中）	五言絶句
10	日月	10	日月	19	日月	七言絶句
11	浄□	11	浄几	20	浄几	七言絶句
12	春行	12	春行	21	春行	七言絶句
13	又	13	又	22	（春行）	七言絶句
14	又	14	又	23	（春行）	七言絶句
15	泛舟大堰河	15	泛舟大堰河	24	泛舟大堰河	七言絶句
16	客至	16	客至	25	客至	七言絶句
17	送別	17	送別	26	送別	七言絶句
18	無題	18	無題	27	無題	七言絶句
19	贈朝鮮写字官	19	贈朝鮮写字官	6	贈朝鮮写字官	七言律詩
20	看蓮	20	看蓮	28	看蓮	七言絶句

21	奉次洪崖和尚戊辰元旦韻	21	奉次洪崖和尚戊辰元旦韻	29	奉次洪崖和尚戊辰元旦韻	七言絶句
22	又	22	又	30	（奉次洪崖和尚戊辰元旦韻）	七言絶句
23	詠妓	23	詠妓	7	詠妓	七言律詩
24	自厭	24	自厭			七言絶句
25	客至	25	客至	31	客至	七言絶句
26	又	26	又	32	（客至）	七言絶句
27	又	27	又	8	客至	七言律詩
28	歩出	28	歩出	16	歩出	五言律詩
29	無題	29	無題	33	無題	七言絶句
30	山居	30	山居	9	山居	七言律詩
31	宴集	31	宴集	10	宴集	七言律詩
32	嬌娥	32	嬌娥	72	嬌娥	五言絶句
33	次韻	33	次韻	34	次韻	七言絶句
34	無題	34	無題	35	無題	七言絶句
35	漁夫	35	漁夫	36	漁夫	七言絶句
36	次奉洪崖和尚見示韻	36	次奉洪崖和尚見示韻	37	次奉洪崖和尚見示韻	七言律詩
37	又	37	又	38	（次奉洪崖和尚見示韻）	七言絶句
38	又	38	又			七言絶句
39	外具二首送赴京人	39	外共二首送赴京人	39	送赴京人	七言絶句
40	贈赴東藩人	40	贈赴東藩人	40	贈赴東藩人	七言絶句
41	戯作	41	戯作			七言絶句
42	朝鮮道中	42	朝鮮道中	11	朝鮮道中	七言律詩
43	放言	43	放言			七言絶句

44	示乞字人	44	示乞字人			七言絶句
45	採蓮曲	45	採蓮曲	41	採蓮曲	七言絶句
46	大堤曲	46	大堤曲	42	大堤曲	七言絶句
47	竹枝歌	47	竹枝歌	43	竹枝歌	七言絶句
48	無題	48	無題	73	無題	五言絶句
49	奉次早春郎事韻	49	奉次早春郎事韻	17	奉次早春郎事韻	五言律詩
50	奉次春夜韻	50	奉次春夜韻			七言絶句
51	宴集代人	51	宴集代人	44	宴集代人	七言絶句
52	又	52	又	45	（宴集代人）	七言絶句
53	又	53	又			七言絶句
54	又	54	又	46	（宴集代人）	七言絶句
55	陶答子	55	陶答子	76	陶答子	五言絶句
56	偶作	56	偶作	74	偶作	五言絶句
57	又	57	又	75	（偶作）	五言絶句
58	偶成	58	偶成	47	偶成	七言絶句
59	又	59	又	48	（偶成）	七言絶句
60	又	60	又			五言絶句
61	夢仙	61	夢仙	12	夢仙	七言律詩
62	擬応制	62	擬応制	13	擬応制	七言律詩
63	又	63	又	14	又	七言律詩
64	玄徹省覲阻風壹岐島末到	64	玄徹省覲阻風壹岐島末到	49	玄徹省覲阻風壹岐島末到	七言絶句
65	又	65	又	50	（玄徹省覲阻風壹岐島末到）	七言絶句
66	又	66	又	51	（玄徹省覲阻風壹岐島末到）	七言絶句
67	次洪崖和尚韻	67	次洪崖和尚韻			七言絶句

68	早田子	68	早田子			五言絶句
69	三蔵主	69	三蔵主			五言絶句
70	春遊	70	春遊			七言絶句
71	謝玄徹省觀□宴慰老	71	謝玄徹省觀設宴慰老	52	謝玄徹省觀設宴慰老	七言絶句
72	念九日聞(到)玄徹(到)志多賀去府城百里	72	念九日聞(到)玄徹(到)志多賀去府城百里	53	念九日聞玄徹到志多賀去府城百里	七言絶句
73	二月朔舩到	73	二月朔舩到	54	二月朔舩到	七言絶句
74	戲作	74	戲作			五言絶句
75	聞伊藤老人遇七秩之壽誕因有是作	75	聞伊藤老人遇七秩之壽誕因有是作	55	聞伊藤老人遇七秩之壽誕因有是作	七言絶句
76	西施石(在去年夏所作)	76	西施石(在去年夏所作)	77	西施石	五言絶句
77	河上花	77	河上花	56	河上花	七言絶句
78	野外霞	78	野外霞	57	野外霞	七言絶句
79	婢子折梅来見	79	婢子折梅来見	58	婢子折梅来見	七言絶句
80	偶成	80	偶成			五言絶句
81	即事	81	即事			七言絶句
82	過敦盛塚(失韻)	82	過敦盛塚(失韻)	59	過敦盛塚(失韻)	七言絶句
83	春行	83	春行	60	春行	七言絶句
84	郊外遇人	84	郊外遇人			七言絶句
85	客中作	85	客中作			七言絶句
86	偶作	86	偶作	61	偶作	七言絶句
87	贈某縣宰	87	贈某縣宰	18	贈某縣宰	五言律詩
88	有客行十韻	88	有客行十韻	81	有客行十韻	七言＊20句

89	次洪崖和尚留別韻	89	次洪崖和尚留別韻	62	次洪崖和尚留別韻	七言絶句
90	別祖亶	90	別祖亶			五言絶句
91	重別	91	重別	63	重別	七言絶句
92	戊辰三月致仕後一日作	92	戊辰三月致仕後一日作	64	戊辰三月致仕後一日作	七言絶句
93	重次　　老習家	93	重次　　老習家			七言絶句
94	戊辰初夏二日題龍田氏壁	94	戊辰初夏二日題龍田氏壁	78	戊辰初夏二日題龍田氏壁三首	五言絶句
95	又	95	又	79	（戊辰初夏二日題龍田氏壁三首）	五言絶句
96	又	96	又	80	（戊辰初夏二日題龍田氏壁三首）	五言絶句
97	詠求麻城	97	詠求麻城	65	詠求麻城	七言絶句
98	詠星夕	98	詠星夕	66	詠星夕	七言絶句
99	仲秋賞月	99	仲秋賞月	15	中秋賞月	七言律詩
100	訪隠者　庚午十二月初三作	100	訪隠者　庚午十二月初三作	67	訪隠者庚午十二月初三作	七言律詩
101	小野家宴集	101	小野家宴集	68	小野家宴集	七言律詩

②関大本の並び順

芳洲文庫本		筑波大本		関大本		
番号	詩題	番号	詩題	番号	詩題	詩体
2	謝隠士見訪	2	謝隠士見訪	1	謝隠士見訪	七言律詩

3	聖誕日赴朝応制(擬)	3	聖誕日赴朝応制(擬)	2	擬聖誕日赴朝応制	七言律詩
4	塞上行	4	塞上行	3	塞上行	七言律詩
5	春遊	5	春遊	4	春遊	七言律詩
7	次　元旦韻	7	次　元旦韻	5	次　元旦韻	七言律詩（6句）
19	贈朝鮮写字官	19	贈朝鮮写字官	6	贈朝鮮写字官	七言律詩
23	詠妓	23	詠妓	7	詠妓	七言律詩
27	又	27	又	8	客至	七言律詩
30	山居	30	山居	9	山居	七言律詩
31	宴集	31	宴集	10	宴集	七言律詩
42	朝鮮道中	42	朝鮮道中	11	朝鮮道中	七言律詩
61	夢仙	61	夢仙	12	夢仙	七言律詩
62	擬応制	62	擬応制	13	擬応制	七言律詩
63	又	63	又	14	又	七言律詩
99	仲秋賞月	99	仲秋賞月	15	中秋賞月	七言律詩
28	歩出	28	歩出	16	歩出	五言律詩
49	奉次早春郎事韻	49	奉次早春郎事韻	17	奉次早春郎事韻	五言律詩
87	贈某縣宰	87	贈某縣宰	18	贈某縣宰	五言律詩
10	日月	10	日月	19	日月	七言絶句
11	浄几	11	浄几	20	浄几	七言絶句
12	春行	12	春行	21	春行	七言絶句
13	又	13	又	22	(春行)	七言絶句
14	又	14	又	23	(春行)	七言絶句
15	泛舟大堰河	15	泛舟大堰河	24	泛舟大堰河	七言絶句
16	客至	16	客至	25	客至	七言絶句
17	送別	17	送別	26	送別	七言絶句
18	無題	18	無題	27	無題	七言絶句
20	看蓮	20	看蓮	28	看蓮	七言絶句

21	奉次洪崖和尚戊辰元旦韻	21	奉次洪崖和尚戊辰元旦韻	29	奉次洪崖和尚戊辰元旦韻	七言絶句
22	又	22	又	30	(奉次洪崖和尚戊辰元旦韻)	七言絶句
25	客至	25	客至	31	客至	七言絶句
26	又	26	又	32	(客至)	七言絶句
29	無題	29	無題	33	無題	七言絶句
33	次韻	33	次韻	34	次韻	七言絶句
34	無題	34	無題	35	無題	七言絶句
35	漁夫	35	漁夫	36	漁夫	七言絶句
36	次奉洪崖和尚見示韻	36	次奉洪崖和尚見示韻	37	次奉洪崖和尚見示韻	七言律詩
37	又	37	又	38	(次奉洪崖和尚見示韻)	七言絶句
39	外具二首送赴京人	39	外共二首送赴京人	39	送赴京人	七言絶句
40	贈赴東藩人	40	贈赴東藩人	40	贈赴東藩人	七言絶句
45	採蓮曲	45	採蓮曲	41	採蓮曲	七言絶句
46	大堤曲	46	大堤曲	42	大堤曲	七言絶句
47	竹枝歌	47	竹枝歌	43	竹枝歌	七言絶句
51	宴集代人	51	宴集代人	44	宴集代人	七言絶句
52	又	52	又	45	(宴集代人)	七言絶句
54	又	54	又	46	(宴集代人)	七言絶句
58	偶成	58	偶成	47	偶成	七言絶句
59	又	59	又	48	(偶成)	七言絶句
64	玄徹省覲阻風壹岐島未到	64	玄徹省覲阻風壹岐島未到	49	玄徹省覲阻風壹岐島未到	七言絶句

65	又	65	又	50	（玄徹省覲阻風壹岐島末到）	七言絶句
66	又	66	又	51	（玄徹省覲阻風壹岐島末到）	七言絶句
71	謝玄徹省観□宴慰老	71	謝玄徹省観設宴慰老	52	謝玄徹省観設宴慰老	七言絶句
72	念九日聞(到)玄徹(到)志多賀去府城百里	72	念九日聞(到)玄徹(到)志多賀去府城百里	53	念九日聞玄徹到志多賀去府城百里	七言絶句
73	二月朔舩到	73	二月朔舩到	54	二月朔舩到	七言絶句
75	聞伊藤老人遇七秩之壽誕因有是作	75	聞伊藤老人遇七秩之壽誕因有是作	55	聞伊藤老人遇七秩之壽誕因有是作	七言絶句
77	河上花	77	河上花	56	河上花	七言絶句
78	野外霞	78	野外霞	57	野外霞	七言絶句
79	婢子折梅来見	79	婢子折梅来見	58	婢子折梅来見	七言絶句
82	過敦盛塚(失韻)	82	過敦盛塚(失韻)	59	過敦盛塚(失韻)	七言絶句
83	春行	83	春行	60	春行	七言絶句
86	偶作	86	偶作	61	偶作	七言絶句
89	次洪崖和尚留別韻	89	次洪崖和尚留別韻	62	次洪崖和尚留別韻	七言絶句
91	重別	91	重別	63	重別	七言絶句
92	戊辰三月致仕後一日作	92	戊辰三月致仕後一日作	64	戊辰三月致仕後一日作	七言絶句
97	詠求麻城	97	詠求麻城	65	詠求麻城	七言絶句
98	詠星夕	98	詠星夕	66	詠星夕	七言絶句

100	訪隠者　庚午十二月初三作	100	訪隠者　庚午十二月初三作	67	訪隠者　庚午十二月初三作	七言律詩
101	小野家宴集	101	小野家宴集	68	小野家宴集	七言律詩
6	戊辰試毫	6	戊辰試毫	69	戊辰試毫	五言絶句
8	相模道中	8	相模道中	70	相模道中	五言絶句
9	个	9	个	71	（相模道中）	五言絶句
32	嬌娥	32	嬌娥	72	嬌娥	五言絶句
48	無題	48	無題	73	無題	五言絶句
56	偶作	56	偶作	74	偶作	五言絶句
57	又	57	又	75	（偶作）	五言絶句
55	陶答子	55	陶答子	76	陶答子	五言絶句
76	西施石（在去年夏所作）	76	西施石（在去年夏所作）	77	西施石	五言絶句
94	戊辰初夏二日題龍田氏壁	94	戊辰初夏二日題龍田氏壁	78	戊辰初夏二日題龍田氏壁三首	五言絶句
95	又	95	又	79	（戊辰初夏二日題龍田氏壁三首）	五言絶句
96	又	96	又	80	（戊辰初夏二日題龍田氏壁三首）	五言絶句
88	有客行十韻	88	有客行十韻	81	有客行十韻	七言20句
1	偶成	1	偶成			五言絶句
24	自厭	24	自厭			七言絶句
38	又	38	又			七言絶句
41	戲作	41	戲作			七言絶句
43	放言	43	放言			七言絶句
44	示乞字人	44	示乞字人			七言絶句
50	奉次春夜韻	50	奉次春夜韻			七言絶句

53	又	53	又			七言絶句
60	又	60	又			五言絶句
67	次洪崖和尚韻	67	次洪崖和尚韻			七言絶句
68	早田子	68	早田子			五言絶句
69	三蔵主	69	三蔵主			五言絶句
70	春遊	70	春遊			七言絶句
74	戯作	74	戯作			五言絶句
80	偶成	80	偶成			五言絶句
81	即事	81	即事			七言絶句
84	郊外遇人	84	郊外遇人			七言絶句
85	客中作	85	客中作			七言絶句
90	別祖亶	90	別祖亶			五言絶句
93	重次　老習家	93	重次　老習家			七言絶句

（8）『熙朝詩薈』（友野霞舟編、弘化四年自序）

番号	詩題	丁数	備考
1	送某明府	四丁表	
2	秋夜	四丁裏	
3	雪後作	四丁裏	
4	春寒花較遅	四丁裏	
5	題美人図	五丁表	
6	春末示人	五丁表	
7	送岱禅伯	五丁表	
8	白髪	五丁裏	
9	在江戸懐京	五丁裏	
10	宿山寺	五丁裏	

11	遊寺	五丁裏	『木門十四家詩集』(59丁表)に同題あるが、別詩。
12	江城遇服家兄弟小酌	六丁表	
13	山居	六丁表	『雨森芳洲・鵬海詩集』(6丁裏)に同題あるが、別詩。『雨森芳洲詩稿』(6丁裏)に「山居代主人」とあるが、別詩。
14	明妃曲	六丁表	
15	又	六丁裏	
16	贈須道士	六丁裏	
17	懐旧遊	六丁裏	
18	呈岱宗師要和	七丁表	
19	雨中桜花	七丁表	
20	柳絮	七丁表	『雨森芳洲詩集抄』(14丁裏)に同題あるが、別詩。同書(15丁裏・20丁表)に「依源和尚韻賦柳絮」という題あるが、別詩。
21	偶作	七丁裏	『木門十四家詩集』(56丁表)、『雨森芳洲詩抄』(13丁表・16丁表)、『雨森芳洲・鵬海詩集』(11丁表・16丁表)に「偶作」あるが、別詩。
22	山桜	七丁裏	
23	過豊臣墓	七丁裏	『雨森芳洲同時代人詩文集』(36丁裏)に、「豊臣廟」という題あるが、別詩。
24	杜鵑	七丁裏	
25	仙遊洞観瀑	八丁表	
26	冬	八丁表	『停雲集』(22丁表)・『木門十四家詩集(60丁表)に「冬暁」という題あるが、別詩。
27	宮怨	八丁表	

28	朝鮮客中作	八丁裏	『雨森芳洲詩稿』(2丁裏)に「向在朝鮮有客見贈追次其韻」(3首)、『雨森芳洲・鵬海詩集』(8丁裏)に「朝鮮道中」という題あるが、すべて別詩。
29	山居	八丁裏	『雨森芳洲・鵬海詩集』(6丁裏)に同題あるが、別詩。『雨森芳洲詩稿』(6丁裏)に「山居代主人」とあるが、別詩。
30	春日即事	八丁裏	『雨森芳洲詩稿』(1丁表)に「春日山行」という題あるが、別詩。
31	従軍行	八丁裏	
32	隋煬帝	九丁表	
33	又	九丁表	
34	吉野山	九丁表	
35	鴎	九丁裏	
36	早春作	九丁裏	『雨森芳洲・鵬海詩集』(9丁裏)に「奉次早春郎事韻」という題あるが、別詩。
37	春雲	九丁裏	
38	春宴田中氏園	十丁表	
39	又	十丁表	
40	又	十丁表	
41	山房即事	十丁表	
42	自述	十丁裏	『雨森芳洲詩集抄』(14丁裏)に同題あるが、別詩。
43	寄遠	十丁裏	
44	自述	十丁裏	『雨森芳洲詩集抄』(14丁裏)に同題あるが、別詩。
45	又	十一丁表	『雨森芳洲詩集抄』(14丁裏)に同題あるが、別詩。
46	追懐金龍山	十一丁表	

47	春雨	十一丁表	
48	観日楼	十一丁裏	
49	遊東山寺	十一丁裏	
50	重用前韻贈某太守今隔已十歳矣	十一丁裏	
51	寄贈佐雪渓佐元恭號雪渓余有忘年之契屈指而数之今已六十年而其人客遊東藩余乃官仕西裔明日臨没竟不得握手而相訣此可嘆也己	十二丁表	
52	春行	十二丁表	『雨森芳洲詩稿』(2丁表・4丁表)に同題2首、『雨森芳洲・鵬海詩集』(3丁表・15丁裏)に同題の詩が計四首あるが、すべて別詩。
53	次隠者韻	十二丁裏	『雨森芳洲・鵬海詩集』(19丁表)に「訪隠者　庚午十二月初三作」という題あるが、別詩。
54	懐友	十二丁裏	
55	贈隠者	十三丁表	『雨森芳洲・鵬海詩集』(19丁表)に「訪隠者　庚午十二月初三作」という題あるが、別詩。
56	看桜	十三丁表	
57	題美人図	十三丁表	
58	偶成	十三丁表	
59	紅嫩楓	十三丁裏	
60	柳花	十三丁裏	
61	園中有杜鵑花盛開	十三丁裏	
62	述懐	十四丁表	『雨森芳洲詩集抄』(17丁裏)に同題あるが、別詩。

63	敲壷歌	十四丁表	
64	夢榊篁洲	十四丁裏	
65	送人	十四丁裏	『雨森芳洲詩集抄』(1丁表・13丁裏)に同題あるが、別詩。
66	中秋	十五丁表	『木門十四家詩集』(56丁表)に「中秋次南山示韻」という題、『雨森芳洲・鵬海詩集』(18丁裏)に「仲秋賞月」という題あるが、別詩。
67	次鐘碧山看楓韻	十五丁表	
68	早起	十五丁表	
69	又	十五丁裏	
70	懐旧	十五丁裏	
71	次詠湖韻	十五丁裏	
72	江南曲	十六丁表	
73	次詠雲韻	十六丁表	
74	閑居	十六丁表	
75	梅	十六丁表	
76	又	十六丁裏	
77	遇成	十六丁裏	『雨森芳洲詩稿』(1丁表・3丁裏・5丁裏・7丁裏・8丁裏)、『雨森芳洲詩集抄』(21丁裏)、『雨森芳洲・鵬海詩集』(1丁表・11丁表・15丁裏)に同題あるが、すべて別詩。
78	王昭君	十六丁裏	
79	偶成	十七丁表	
80	次春寒韻	十七丁表	
81	小春	十七丁表	
82	相模道中	十七丁表	『雨森芳洲・鵬海詩集』(2丁裏)「相模道中」2首目と同詩。

83	春行	十七丁裏	『雨森芳洲・鵬海詩集』(2丁裏)「春行」2首目と同詩。『雨森芳洲詩稿』(2丁表・4丁表)に同題あるが、別詩。
84	又	十七丁裏	『雨森芳洲・鵬海詩集』(3丁表)「春行」3首目と同詩。『雨森芳洲詩稿』(2丁表・4丁表)に同題あるが、別詩。
85	無題	十七丁裏	『雨森芳洲・鵬海詩集』(6丁表)「無題」と同詩。
86	嬌蛾	十七丁裏	『雨森芳洲・鵬海詩集』(7丁表)「嬌娥」と同詩。
87	次洪崖和尚見示韻	十八丁表	『雨森芳洲・鵬海詩集』(7丁裏)「次奉洪崖和尚見示韻」2首目と同詩。
88	朝鮮道中	十八丁表	『雨森芳洲・鵬海詩集』(8丁裏)「朝鮮道中」と同詩。
89	竹枝歌	十八丁表	『雨森芳洲・鵬海詩集』(9丁裏)「竹枝歌」と同詩。
90	宴集代人	十八丁裏	『雨森芳洲・鵬海詩集』(10丁裏)「宴集代人」3首目と同詩。
91	舟中作	十八丁裏	
92	寄祇南海	十八丁裏	『停雲集』(21丁表)・『木門十四家詩集(59丁裏)の「寄祇南海」と同詩。
93	直夜作	十八丁裏	
94	以下摘句	十九丁表	「某氏園」「春行」「仲春」「即事」「渉園」「宴集」

索引

康盛国

学歴

1999年　韓国外国語大学校　日本語科卒

2001年　韓国外国語大学校大学院　修士学位取得 (日本文学専攻)

2014年　大阪大学大学院　博士学位取得 (文化表現論専攻)

経歴

2017年～ソウル神学大学校　日本語文化コンテンツ学科 助教授

論著

- 「雨森芳洲の漢詩観―『橘窓茶話』を中心に―」(『近世文藝』九十六、2012年7月)
- 「雨森芳洲と『荘子』―三教合一論へのつながりを中心に―」(『和漢比較文學』五十三、2014年8月)
- 「雨森芳洲文庫蔵『三宅滄溟筆談集』の考察　―三宅家三代の通信使接応時の類似性を中心に―」(『朝鮮学報』二三七、2015年10月)
- 「『源語詁』と『源語梯』の比較―見出し語の照合を中心に」(『國文學論叢』三十五、2016年3月)
- 「朝鮮通信使使行中の詩文唱和における朝鮮側の立場―申維翰の自作の再利用をめぐって」(『アジア遊学229―文化装置としての日本漢文学』勉誠出版、2019年1月)

雨森芳洲の文事
아메노모리 호슈의 문사

초 판 인 쇄 | 2023년 2월 22일
초 판 발 행 | 2023년 2월 22일

지 은 이 康盛国

책 임 편 집 윤수경

발 행 처 도서출판 지식과교양
등 록 번 호 제2010-19호
주 소 서울시 강북구 우이동108-13 힐파크103호
전 화 02) 900-4520 대표) / 편집부 02) 996-0041
팩 스 02) 996-0043
전 자 우 편 kncbook@hanmail.net

ISBN 978-89-6764-194   93830   **정가 17,000원**

저자와 협의하여 인지는 생략합니다. 잘못된 책은 바꾸어 드립니다.
이 책의 무단 전재나 복제 행위는 저작권법 제98조에 따라 처벌받게 됩니다.